Der Wolf ist tot
Andres Muhmenthaler
Kriminalroman

Andres Muhmenthaler

Der Wolf ist tot

Ein Aarberger Krimi

Wenn man nach Gerechtigkeit sucht,
erkennt man,
dass es sie gar nicht gibt!

Namensgebungen und Ähnlichkeiten
mit in Aarberg und Umgebung wohnhaften
Personen sind rein zufällig.

Andres Muhmenthaler
Der Wolf ist tot
2. Auflage, Februar 2017

ISBN 978-3-9524751-0-2

Satz und Layout	Werner Affentranger
Korrektorat	Marlis Boeschenstein
Druck und Vertrieb	BoD – Books on Demand, Norderstedt
	www.bod.de
Herstellung und Verlag	Publishing Partners GmbH, Biel-Bienne
	www.publishing-partners.ch

«Nein, nicht hinrichten!», schrie er, als er, begleitet von seiner Frau, seinem Schwager und dem Nachtwächter nachts um drei Uhr die Notaufnahme der Psychiatrischen Klinik in Aarberg betrat. Nichts ließ ihn seit Tagen mehr zur Ruhe kommen. Unablässig ist er wie ein gefangenes Raubtier zu Hause hin und her getigert. Ununterbrochen hat er dazu wirres Zeug geredet: «Die guten ins Töpfchen, die schlechten... Ja, Mama. Hilfe! Der Wolf will mich fressen! Ich bin doch der Gute!»

«Wir müssen ihn möglichst rasch ruhig stellen», erklärte der diensthabende Arzt beim Aufnahmegespräch. «Ich habe von Ihrem Hausarzt soeben ein Begleitschreiben gefaxt bekommen. Sein verändertes Verhalten deutet auf eine Schizophrenie-Attacke hin. Hatte er im letzten halben Jahr ein traumatisches Erlebnis?», fragte der Arzt die völlig verzweifelte und erschöpfte Ehefrau.

«Nein, nicht dass ich wüsste», beteuerte diese. «Im vorigen Jahr ist Marcs dominante, immer fordernde Mutter gestorben. Sie war alt und krank. Ich habe sie gepflegt, obwohl sie mich meines Standes wegen immer verachtet hat. Sie war sehr besitzergreifend und hat ihren Lieblingssohn in keinster Phase ihres Lebens mit mir teilen wollen. Obwohl es hart klingen mag, hat ihr Ableben mich sehr entlastet und irgendwie befreit. Frau Flückiger senior hat mir das Leben stets schwer gemacht. Auch für Marc war ihr Tod eine Art Erlösung. Er hat sich sehr schwer damit getan, ihr immer genügen zu müssen. Ihr Mutter-Sohn-Verhältnis würde ich mit dem Begriff Hassliebe umschreiben. Er hat es nicht geschafft, sich von ihr abzunabeln. Aufopfernd kämpft er seit Jahren ums Überleben der kriselnden Druckerei. Marcs Mutter hat ihn davon abgehalten, den Familienbetrieb rechtzeitig zu modernisieren. Aber was erzähle ich Ihnen eigentlich? Kurz gesagt: Ich kann mir nicht vorstellen, dass ihn das Ableben seiner greisen Mutter traumatisiert hat. Im Gegenteil, ich spürte auch bei ihm eine Art Befreiung. Allerdings wurde uns nach ihrem Tod erst richtig bewusst, wie wir zwei uns über die Jahre auseinandergelebt haben. Wir reden heute offen über die Möglichkeit einer Scheidung. Ich glaube jedoch nicht, dass ihn dies nun so plötzlich aus der Bahn geworfen hat. Er schien mir in den Wochen vor seiner Panikattacke viel lockerer und entspannter als in den Jahren zuvor. Ich habe gar den Verdacht, dass er eine andere Frau kennengelernt hat und frisch verliebt ist. In letzter Zeit ist er oft abends ausgegangen. Den Namen seiner Bekanntschaft hat er mir gegenüber hingegen nie erwähnt, geschweige mir die Begehrte gar vorgestellt.»

Immer wieder unterbrachen Marcs Hilferufe und Schreie das Aufnahmegespräch: «Er hat sich verkleidet, er hat Kreide gefressen und seltsame weiße Pfoten, aber er ist es! Hilfe, der Wolf will mich fressen! – Ei, Großmutter, was hast du für große Zähne!», flüsterte er dem verblüfften Arzt ins Ohr. Auch die beruhigenden Worte seines Schwagers zeigten wenig Wirkung. «Ich bin der Falsche! Lasst mich frei! Die Venus kann es beweisen!» Wie ein gejagtes Tier eilte er im Empfangsraum umher, bis er sich schließlich unter die Sitzbank verkroch und sich dort etwas beruhigen konnte.

Weder der Schwager noch seine Frau konnten seine Ausrufe auch nur annähernd interpretieren. Den Namen Venus hatte er offenbar zum ersten Mal in seinem Leben ausgesprochen. Erst nach einer kurzen Stille erinnerte sich seine Frau an die außergewöhnlichen Angstträume, die ihren Mann in ihren ersten Ehejahren geplagt hatten. Darin spielte der böse Wolf immer eine zentrale Rolle. Marc erwachte dann jeweils schweißgebadet und völlig verstört. Diese Träume hatte er jedoch seit vielen Jahren nicht mehr. Deswegen verdrängte Pia diese Gedanken auch gleich wieder. Als Marc erneut zu jammern begann, erwähnte sie dem Arzt gegenüber einzig, dass ihr Mann sich seit jeher vor großen Hunden, insbesondere vor Schäferhunden, den «Wolfern» wie wir in der Umgangssprache sagen, extrem fürchte.

«Okay», sagte der sichtlich in Gedanken versunkene deutsche Aufnahmearzt. «Wir werden ihm jetzt eine Spritze geben. Erfahrungsgemäß wird er dann bis zu einer halben Woche mehr oder weniger schlafen. Sobald er wieder ansprechbar ist, werden wir Sie umgehend benachrichtigen. Bei uns ist er in guten Händen, Frau Flückiger. Sie müssen sich keine Sorgen machen. Versuchen Sie, sich ein bisschen von den Strapazen zu erholen. Eine genaue Prognose können Sie erst in zwei, drei Wochen erwarten», erklärte der Arzt, bevor er sich von der Ehefrau und deren Bruder verabschiedete.

2

Wo bin ich? Was ist geschehen?, fragte sich Marc, als er zwei Tage später aus seinem künstlich herbeigeführten KO-Schlaf erwachte. Als Erstes hörte er seltsame, piepsende Geräusche. Er hatte Mühe, seine Augen auch nur ein ganz klein wenig zu öffnen. Er meinte, durch seine Augenlider eine Lightshow wahrzunehmen. In welchen «Abhäng-Schuppen» bin ich denn hier geraten? Ich muss einen bösen Absturz gehabt haben, war sein nächster Gedanke, denn er fühlte eine noch nie dagewesene Schwere in seinem ganzen Körper. «Ich will weg!», rief er mit brüchiger Stimme. Dann begann in seinem Kopf alles zu drehen. «Sonst bringe ich dich um!», hörte er eine hämische Stimme sagen. «Nein, nein, das kannst du nicht tun! Hilfe!», schrie er verzweifelt. «Verschwinde, du verdammter Teufel!» «Na, na!», antwortete ihm eine sanfte, aber doch dezidierte Stimme. «Beruhige dich, Marc! Wir helfen dir, wieder zu einem klaren Kopf zu kommen. Niemand hier will dich töten oder sterben lassen.» «Obwohl du es absolut verdient hättest!», meldete sich eine zweite Frauenstimme zu Wort.

Wer bin ich?, fragte er sich. Woher kenne ich diese Frauenstimmen? Befinde ich mich etwa vor dem Jüngsten Gericht? Himmel oder Hölle, ist wohl hier die Frage. «Venus, bin ich tot?», fragte er mit bebender Stimme. Denn die erste Frauenstimme kam ihm sehr bekannt vor. Er sah in ihr einen Engel. Dann müsste die bedrohliche zweite Stimme wohl die des Teufels oder die einer Teufelsdienerin sein. Er begann um Gnade zu flehen: «Ich bin doch unschuldig, glaubt mir doch endlich. Ich kann doch keiner Fliege…», wollte er noch anfügen, doch da unterbrach ihn die Assistentin des Teufels, die niemand anderes war als die Chefärztin, Silvia Möri, schroff: «Stopp jetzt, sonst kann ich für nichts mehr garantieren, du Schweinehund! Wir werden uns bemühen, dich, besser gesagt dein Gehirn, wieder in einen stabilen Zustand zu versetzen, wenn dies bei einem wie dir überhaupt möglich ist. Dann wirst du von uns die letzte Chance kriegen, dein schlechtes Gewissen etwas zu beruhigen. Verzeihen werden wir dir deine Schandtaten aber nie!» Und zur Pflegefrau gewandt fügte sie an: «Alles kommt bekanntlich zurück im Leben, nicht wahr, Wendy?! Ist es nicht eine Fügung des Schicksals, dass er uns nun genauso ausgeliefert ist, wie wir ihm damals. Nun erfährt er all die Ohnmacht, Wut, Angst und Verzweiflung, die wir damals bei seinen sexuellen Übergriffen erleiden mussten. Schade eigentlich, dass wir nicht in der Chirurgie arbeiten. So ein kleiner Fehlgriff da unten wäre bei ihm wohl eher angebracht als der Versuch, sein verkorkstes Hirn wieder in einen weniger triebhaften Normalzustand zurückzuversetzen.»

Marc war nicht in der Lage, diese Andeutungen richtig aufzunehmen. Die Hammerspritze, die ihm beim Eintritt verabreicht worden war, lähmte sein Gehirn und seinen Verstand immer noch. Er fühlte jedoch den Hass und die Verachtung dieser Frau. Die Bedrohung war offensichtlich. Sie erschütterte und beängstigte ihn. Verzweifelt brachte er etwas wie: «Verwechslung...Venus, hilf mir doch!», über die Lippen, bevor er nochmals in einen unruhigen Schlaf fiel.

Erst nach weiteren zwei Stunden gelang es ihm, seine Augen ganz zu öffnen. Der verruchte Disco-Schuppen oder der Saal des Jüngsten Gerichts verwandelte sich in den Aufwachraum einer Klinik. Er war nun allein im Zimmer, aber immer noch an das blinkende und piepsende Überwachungsgerät angeschlossen. Starke Kopfschmerzen befielen ihn, und bald darauf versank er wieder in einen unruhigen Halbschlaf. Darin erlebte er die reinsten Höllenqualen und wähnte sich in einem Horrorfilm. Nahende Schritte suggerierten ihm höchste Gefahr. Er hielt den Atem an und bekam Schweißausbrüche. Wenn er den Mundgeruch, einen Parfumschwall oder sonst eine Ausdünstung einer Pflegeperson in die Nase bekam, geriet er vollends in Panik. Er schrie um Hilfe oder winselte um Gnade. Die Pflegerinnen erschraken manchmal sehr. In seiner langen Aufwachphase nervte er sie dann mit seiner Litanei: «Da, der Wolf. Achtung, der Wolf! Er hat sich verkleidet. Er will mich töten!»

3

Immer weniger Leute verirren sich ins früher so gut funktionierende stolze mittelalterliche Städtchen. Längst hat es die Funktion als Begegnungszentrum verloren. Das Ladensterben hat ein fatales Ausmaß angenommen. Nicht einmal die nötigsten Lebensmittel sind hier noch erhältlich, geschweige denn Schuhe oder Kleider. Mehrere Gasthäuser sind bis auf Weiteres oder für immer geschlossen. Den Hausbesitzern fehlt es zunehmend an Geld und an Innovation. Man hat den Zeitpunkt verpasst, das natürlich gewachsene Ortszentrum weiterzuentwickeln. Zu lange wollte man die Familienbetriebe bewahren. Jetzt fehlt es an interessierten und fachkundigen Nachkommen. Und wer will schon einen großen Teil seines Privatlebens opfern, um rund um die Uhr für die spärlichen Kunden da zu sein?! Längst ist das Städtchen umringt von Einkaufszentren, welche billigere Waren anbieten, längere Öffnungszeiten haben und dank ihren Parkhäusern bequem mit dem Auto zu erreichen sind. So kam es, dass der Ortskern zu einem zwar äußerlich hübschen, aber bald toten, beinahe nur noch musealen Touristenort verkommen ist. Man hat dem Städtchen seine gute alte Seele genommen. Es hat jeglichen Charme eingebüßt und läuft Gefahr, immer mehr zu einer leblosen Kulisse zu verkümmern. Der immense Durchgangsverkehr lädt auch die Touristen nicht mehr zum Verweilen ein. Ihr Aufenthalt dauert höchstens zehn Minuten und nicht wie früher mindestens eine Stunde mit obligatem Kaffeehalt und einer kleinen Shoppingtour. Ein paar Bilder knipsen und Abflug, heißt es heutzutage. Einzig ein paar Alteingesessene treffen sich noch regelmäßig am Stammtisch. Wehmütig erinnern sie einander an die früheren Zeiten, als im «Städtli» echt noch etwas los war. In der Frühe duftete es nach frischem Brot. Die Gerüche weckten die müden Geister. Frische Waren aus dem Seeland wurden an Marktständen und in Lebensmittelläden feilgeboten. Man konnte sich die Haare noch beim alten Schulfreund nebenan schneiden lassen und sich in einem der zahlreichen Restaurants zum Kaffee oder Bier treffen.

«Wir haben längst nichts mehr zu sagen!», ist einer der Sätze, die man an einem selten gewordenen Gespräch unter Einheimischen oft hört. Oder aber: «Hätten sie doch damals nur auf uns gehört!» Doch keiner nennt in diesem Zusammenhang diese «sie» mit Namen. Alle Stammmitglieder wissen um ihre Mitschuld am Untergang. Die meisten von ihnen sind nämlich Leute, die im Ort durchaus etwas zu sagen hatten. Von ehemaligen Gemeinderatsmitgliedern über alteingesessene Burger bis hin zum Kirchgemeindepräsidenten, dem Arzt und dem längst pensionierten Schulleiter. Vieles hatte man der unterschiedlichsten persönlichen Interessen und Meinungen wegen versäumt. Statt rechtzeitig klare Regelungen herauszugeben, wollte man es immer allen recht machen. Nach Jahren der Versäumnis hat man dann irgendeine Kompromisslösung durchgewinkt, die am Ende niemanden wirklich glücklich macht. So kam es, dass zum Beispiel ein Denner-Satellit im Städtchen Einzug halten konnte oder ein billiger Schickimicki-Kleiderladen. Nie hat man sich auf eine schlaue Verkehrsregelung einigen können. Der Ausverkauf und Niedergang des ehemals gesunden Ortes kam schleichend.

Vor gut zwei Jahren kam es dann zum Eklat. Niemand konnte verhindern, dass der Wirt und Hotelbesitzer Bruno Möri seine ganze Liegenschaft der Tochter überschrieb und diese eine Bewilligung erwirkte, um im riesigen Gebäudetrakt eine Klinik für psychisch Kranke unter dem Label *Second Chance* einzurichten. Die Bekanntmachung wurde zum emotionalen Stein des Anstoßes. Auch von der Presse wurde diese richtiggehend ausgeschlachtet, was wiederum viel böses Blut schuf. Die Schlagzeilen der regionalen Medien lösten unter den Alteingesessenen wütende Reaktionen aus. «Skandal! Der altehrwürdige Gasthof mitten im Städtchen wird zum Irrenhaus umfunktioniert! – Die Hausbesitzer schrecken vor nichts zurück und verkaufen die Seele des Städtchens dem Teufel!» In der Lokalzeitung hagelte von Leserbriefen, und an den Stammtischen wurden vernichtende Urteile gefällt. In Burger- und Bürgerkreisen wurde heftig protestiert und lamentiert. Kritik, hinter vorgehaltener Hand, wie sie vielen, im Grunde gutmütigen und weitsichtigen Seeländern eigen ist, sickerte überall durch. «Die hätten das Städtli besser einem reichen Ausländer verkauft!», munkelte man. «Oder einer Großbank. Die könnten das malerische Städtchen dann als Hotelresort à la Mittelalter vermarkten, mit Treibjagden im Frienisbergwald.» Die Gemüter mochten sich kaum mehr beruhigen.

Ein paar Wochen hielt sich gar das hartnäckige Gerücht, das Städtli würde überdacht und zum geschlossenen Gesundheitstempel für reiche Kurgäste umfunktioniert. Die Infrastruktur sei mit der bestehenden Apotheke, der Physiopraxis und dem praktizierenden Osteopathen in Ansätzen bereits vorhanden. Geplant sei nun ein Wellness-Bereich, in den die Alte Aare zum Kneipen und kühlen Bad nach der Sauna integriert sein werde. Selbstverständlich werde die ganze Anlage nur einem erlesenen Kreis von wohlhabenden Gästen zugänglich sein. Indes würden so über hundert neue Arbeitsplätze geschaffen, und die Steuereinnahmen wären beträchtlich. Ja, der Fantasie über die Zukunft Aarbergs waren auf einmal keine Grenzen mehr gesetzt. Auch die Variante «Lebendiges Heimatmuseum à la Ballenberg» wurde diskutiert: Das Städtli wird tagsüber geöffnet. Den Besuchern wird das Leben im Mittelalter in interaktiven Workshops vorgeführt. Vielen Aargerinnen und Aargern wurde erst in dieser Phase die Mitschuld am Untergang eines ehemals so lebendigen und einmaligen Zentrums, dem Herzen eines beachtlichen Teils vom Seeland, bewusst. Aber nun war es definitiv zu spät für eine Revitalisierung. Niemand konnte schließlich verhindern, dass die weiterum bekannte Gaststätte mit Hotel und Konzertsaal zur geplanten Klinik umgebaut wurde. Diese bot rund zwanzig Langzeitpatienten Platz und war innert kürzester Zeit ausgebucht. Die Leitung übernahm das neue, kinderlose und – wie sich später feststellen ließ –, in einer offenen Beziehung lebende Besitzerpaar. Uwe Kepler als geschäftlicher Leiter und die neue Besitzerin Silvia

Möri als Chefärztin. Silvia galt schon als Kind als intelligent und sehr ehrgeizig. Sie liebte es, voranzugehen. Dank ihrem sicheren Auftreten und den rötlichen Haaren trug sie in jungen Jahren den Übernahmen «Rote Zora». Ihr Psychologiestudium hatte sie vor Jahren in Berlin mit Auszeichnung abgeschlossen. Uwe, ihr Partner, hat Wirtschaftsökonomie studiert.

Es dauerte mehrere Monate, bis sich die Wogen der Empörung über die «Verschandelung» des Ortskerns etwas geglättet hatten und die heftigsten Kritiken nahezu verstummten. Und dann diese Schlagzeilen:
«Mord in Städtli-Klinik!... Da waren's nur noch neun!»
«Jenseits des Wahnsinns!»
«Pas de Chance» (in Anspielung an den Kliniknamen «Second Chance»).

Die Reaktionen aus den von der SVP wohl als «das Volk» bezeichneten Kreisen blieben nicht aus. Von der «Rache Gottes» bis «Das haben wir nun davon, wenn wir solches Gesindel in unserem Städtli beherbergen» war die Rede. Ja sogar Sätze wie: «Nun bringen sie sich noch gegenseitig um, diese Weicheier und Sozialschmarotzer. Uns soll es recht sein. Wir müssen von morgens bis abends krampfen, und sie lassen sichs da drin von unserem Geld gut gehen!», machten die Runde. Selbstverständlich gab es auch wohlwollendere Meinungen: «Was wollen wir alle psychisch Kranken aus unseren Reihen auf den Hasliberg oder weiß ich wohin schicken. Die Hilfsbedürftigen sind Seeländerinnen und Seeländer wie wir. Niemand von uns ist vor einem Burn-out oder einer Depression gefeit. Nehmen wir doch den ermordeten Marc Flückiger als Exempel. Hat er nicht bis vor drei Wochen den Druckereibetrieb in Lyss geleitet und so gut einem Dutzend Mitmenschen über Jahre hinweg einen Job gesichert?! – Und ehrlich gesagt, wer fühlte sich durch die Inbetriebnahme der Klinik in irgendeiner Form eingeschränkt? Das Gegenteil ist der Fall. Im Raum der Begegnung treffen sich oft auch auswärtige Gäste, denn hier ist ein kleines Kulturaustauschzentrum am Entstehen. Viele Einheimische haben zudem in der Klinik einen neuen, gut bezahlten Job gefunden. Die tüchtige Silvia ist eine große Verfechterin eines gerechten Mindestlohnes. Wer hundert Prozent arbeitet, soll davon seine Familie ernähren können, ist ihre Devise. Vorbildlich, wie sie ihren Laden führt!»

Rund um den zu Tode gekommenen Marc Flückiger zirkulierten innert kürzester Zeit die wildesten Gerüchte: «In dieser Familie Flückiger stimmte doch etwas nicht. Die verstorbene Mutter war ein Drachen. Die Frau des Verstorbenen geht schon lange fremd. Stimmt mit ihm etwas nicht? Warum sind sie kinderlos geblieben? Was oder wer hat Marc in den Wahnsinn getrieben? Hat sein Tod mit seinem zweifelhaften Verhalten in der Jugend zu tun? Hat sich jemand an ihm gerächt? Auch der verdächtige verrostete Kleinbus mit französischem Kennzeichen, welcher vier Wochen vor dem Todestag eine ganze Nacht vor Flückigers Haus stand, machte die Runde. Und dies ausgerechnet am Wochenende, an dem Marcs Frau, Pia, mit dem örtlichen Damenturnverein am Turnfest in der Innerschweiz teilnahm…

4

Zehn Tage nach dem Mord in der Klinik fährt ein auffällig alter, aber gut gepflegter Renault R4 mit den Jahrgangsnummern seiner Insassen, BE 195254 Richtung Mittelmeer. «Herrlich, dieser mediterrane Duft! Findest du nicht auch, Heiri?», schwärmt Rita, nachdem sie ohne seine Zustimmung das Seitenfenster herunter gekurbelt hat. «Hörst du die Zikaden, die uns mit ihrem Sommerkonzert begrüßen? Herrlich, einfach wunderbar! Bald sehen wir das Meer. Wie habe ich es vermisst! Diese Weite! Diese körperliche und psychische Befreiung aus dem engen und bedrückenden Schweizer Alltag. Hier an der Côte d'Azur wirst du sicher die nötige Distanz zu deinem ungelösten Mordfall finden und wieder zu Kräften kommen!»

«Ja, ja», gibt er untypisch rasch und etwas reserviert zur Antwort. Bitte nicht schon wieder diese Masche!, denkt er, im Wissen, dass er sich keiner Diskussion mit seiner Frau über diesen ärgerlichen Zwangsurlaub mehr stellen möchte. Der Frust sitzt zu tief. Erstmals hat man ihm, dem sonst so erfolgreichen Hauptkommissar, nach über fünfundzwanzig Dienstjahren einen Fall entzogen und ihn, wie er zu sagen pflegt, in die Wüste geschickt! Welche Schmach, welche Schande! Was ist nur aus mir geworden? Wie schnell ist man weg vom Fenster! Ein kleiner Fauxpas, und all die Jahre als angeblich bester Fahnder der Kripo Bern sind wie weggeblasen. Warum nur habe ich so unangemessen, unbedacht überreagiert. Immer wieder sieht er die fatale Szene vor sich. Wie konnte ich mich nur von diesem bünzlihaften, engstirnigen, bigotten Nachtwächter, dem Ehemann der Hauptverdächtigen, derart provozieren lassen? Ich habe durch mein affektives Handeln meine Prinzipien geradezu torpediert. Etwas wehmütig erinnert er sich an sein berühmt gewordenes «Webersches» Fahndungskonzept, welches es notabene bis in Polizeilehrbücher geschafft hat. Zitat: «Weber spinnt ein filigranes unsichtbares Netz derart geschickt, dass sich die Täter früher oder später selber darin verfangen. Aufgrund ihrer ausweglosen Situation legen sie dann oft ein Geständnis ab. Weber versteht es dank seiner feinfühligen Ermittlungsart, Vertrauen zu den Tätern aufzubauen. Dies ermöglicht den Schuldigen, sich ihm zu öffnen und ihr schlechtes Gewissen zu entlasten. Fast alle Verbrechen gegen Leib und Seele sind Verzweiflungstaten und werden von ganz normalen Menschen begangen, die im Nachhinein ihre aus dem Affekt begangenen Taten zutiefst bereuen.»

Bla, bla, bla, denkt Heiri bitter. In der Tat hatte er seine Weitsicht, sein überlegtes Handeln diesmal völlig vermissen lassen. Seine Geduld und die Fähigkeit, sich in andere Menschen einzulesen, ebenso. Vor seinem inneren Auge sieht Heiri beim Nachsinnen seinen längst verstorbenen Großvater. Dieser hatte ihm in punkto Lebensweisheit und Sozialkompetenz immer als Vorbild gegolten. Als einfacher, selbstloser Seeland-Bauer lebte er fast ausschließlich als Selbstversorger. Heiri hatte als Kind viele Ferienwochen auf seinem kleinen «Heimet» in Siselen verbracht. Dabei wich er seinem Opa kaum von der Seite. Erst viele Jahre später wurde Heiri freilich bewusst, was ihm dieser einfache, liebenswürdige Mensch und leidenschaftliche Geschichtenerzähler für einen Schatz an vorbildhaften Tugenden mit auf seinen eigenen Lebensweg gegeben hatte. Entschuldige, Opa, ich schäme mich! Diesmal habe ich wahrlich mit Kanonen auf Spatzen geschossen. Ich schaufelte mir mein eigenes Grab. Ein zwar tonloses, aber doch deutlich zu vernehmendes «Verdammte Scheiße!» kommt über seine Lippen, und er gerät immer stärker ins Grübeln. Verzweifelt sucht er nach Erklärungen. Schließlich kommt er zum Schluss: Ich war gesundheitlich zu sehr angeschlagen. Der Anfang des Übels lag im Grunde an dieser verdammten Grippeimpfung im letzten Herbst. Anschließend war ich monatelang nie richtig auf dem Damm. Ärgerlich, dass ich mich von Rita zu dieser Impfung habe überreden lassen. «Bald sind wir beide über sechzig», hatte sie gesagt. «Höchste Zeit, dass wir nun der Empfehlung unseres Hausarztes endlich Folge leisten. Ich will dich nicht schon vor deiner Pensionierung verlieren, mein Lieber!» In zunehmendem Maß hat mich die wochenlange chronische Erkältung geschwächt und mich nervlich destabilisiert. Ich war stets gereizt und ungeduldig und habe meine guten Tugenden, insbesondere die innere Ruhe und die Menschenkenntnis, vermissen lassen. Ich bin meinen Prinzipien untreu geworden und habe erstmals versucht, direkt aufs Ziel loszugehen. Es ging mir einzig darum, den Fall möglichst rasch zu lösen, um dann meine fiebrige Erkältung endlich zu Hause ausheilen zu können. Keine freie Minute im Garten, auf dem Rad oder beim Fischen habe ich mir gegönnt, was mir etwas Distanz zum Fall verschafft hätte. Unverzeihlich! Denn praktisch keinen meiner Ermittlungsfälle habe ich in den letzten fünfundzwanzig Jahren nur durch Verhöre und Ermittlungen vor Ort lösen können. Die essenziellen Einfälle kamen mir immer fernab des Geschehens in der freien Natur. Es ist jedoch müssig, darüber weiter nachzudenken. Trotz allem: Wäre der Scheißkerl von Hemund nicht gewesen und hätte er sich nicht so perfid in den Fall eingemischt, hätte seine Frau bestimmt innert Kürze ein Geständnis abgelegt. Wenn und hätte!

Immer wieder sieht Heiri das hämisch grinsende Gesicht dieses scheinheiligen Sektierers vor sich. Immer wieder hört er diese salbungsvollen bigotten Ausreden und Drohungen: «Wir lassen uns einzig vom Lieben Gott richten, Herr Kommissar! Wir könnten nie einem Mitmenschen etwas Schlechtes antun, denn Gott leitet uns auch in schwierigen Situationen…» In dem Moment geschieht etwas Erstaunliches. Das Gesicht von Hemund verwandelt sich in dasjenige eines Lehrers aus Heiris Kindheit. Mit dieser Fratze von Herrn Münger drängt sich auch gleich eine mit heftigen Emotionen verbundene Kindheitserinnerung in sein Bewusstsein. Heiri sieht sich zurückversetzt in die ohnmächtige Situation von damals. Sein Hass gegen diesen selbstgerechten Lehrer kocht nach über fünfzig Jahren erneut auf. Die vergessen geglaubte Szene im Dorfladen ist ihm sofort präsent. Er musste tatenlos zusehen und zuhören, wie dieses Arschloch seine Mutter, welche als Schülerin ebenfalls fünf Jahre unter ihm gelitten hatte, zur

Schnecke machte und ihre Drohung, man werde ihn für die Kinderquälereien im Schulzimmer anzeigen, in den Wind schlug. Genauso, wie sich Hemund auf Gott bezog. Wenn mich die Mutter damals nicht zurückgehalten hätte, wäre ich bestimmt auf Münger losgegangen, wird sich Heiri bewusst. Und die damals zutiefst verletzten Gefühle kommen in ihm hoch, sodass er beinahe das Lenkrad nicht mehr ruhig halten kann. Liegt in dieser alten Geschichte tatsächlich die eigentliche Erklärung für seinen Ausraster gegenüber Hemund? Waren die fast identischen salbungsvollen Worte der intuitive Auslöser für seine völlig übertriebene Attacke gegen Hemund? War er in die Rolle von damals geschlüpft, und wollte er mit seinem Angriff auf Hemund eigentlich seine Mutter rächen? Dieser Verdacht ist gar nicht so abwegig, sinniert er, denn in vielen meiner gelösten Fälle hatte der Mörder oder die Mörderin alten, aufgestauten Hass und Ohnmacht mit einem Gewaltausbruch an einem zufälligen Opfer ausgelassen. Fakt ist jedenfalls, dass er wie eine Furie auf Hemund losgegangen war. Nicht einmal Laura, seine Assistentin, konnte dazwischengehen. «Gib doch den Mord an Marc endlich zu, du scheinheiliger Drecksckerl!», hatte er Hemund angefaucht und diesen am Kragen gepackt. Hemund hatte indes nur süffisant gelächelt und etwas wie «Aber, Herr Kommissar!» gelabert und den Vorfall umgehend dem Polizeipräsidenten gemeldet. Und dann diese Schmach! Der Vorgesetzte zwang ihn, am nächsten Tag im Hause Hemund zu erscheinen und sich unter seinen Augen für den Ausraster vom Vortag zu entschuldigen. Er kam sich vor wie ein Schuljunge, welcher etwas ausgefressen hat. «Wir werden Herrn Weber den Mordfall Flückiger entziehen», hat der Präsident in beinahe unterwürfigem Ton verkündet. Weber wähnte sich im falschen Film. Die Polizei macht einen Kniefall vor den Hauptverdächtigen! Unmöglich! Zum Glück hatte ich meine Dienstwaffe nicht dabei, denn das süffisante Grinsen des Hemund hätte mich in meinem entblößten Zustand wahrscheinlich zum Mörder gemacht...

Die Heimkehr zu Rita nach diesem Akt der Unterwerfung und Schmach wurde zur Qual. Sie las die Zwangsurlaubsverfügung und zeigte gar noch Verständnis dafür. Welch ein Hohn! Noch zwei, drei Tage und die Hemunds wären mir ins Netz gegangen, ist er nach wie vor überzeugt. Und es kam noch schlimmer. Am nächsten Morgen stellte ihn Rita vor übelste vollendete Tatsachen. «Ich habe heute Nachmittag für dich einen Termin bei meinem Psychiater vereinbart und ab übermorgen die Wohnung meines Schwagers in Südfrankreich gemietet. Dein Chef hat mir telefonisch bestätigt, dass einem Erholungsurlaub am Mittelmeer auch vorschriftsmäßig nichts im Wege stünde.» Heiri hatte sich vorgestern nicht in der Lage gefühlt, das ganze unheilvolle Paket abzulehnen. Aber schon nur im Sommer in den Süden verfrachtet zu werden, kam für ihn der Höchststrafe gleich. Die vielen Menschen, die Hitze, das nervige Strandleben… Alles Faktoren, welche für ihn den blanken Horror bedeuten. Ein, zwei Stunden am Strand, dann ist es um ihn geschehen. Er wird kribbelig und ungenießbar. Zum Lesen seiner bevorzugten Bücher braucht er Ruhe und Abgeschiedenheit. Heiri hasst Nullachtfünfzehn-Romane. Auch Krimis interessieren ihn nicht. Hierzu gibt er vor, eine fortgeschrittene Déformation professionnelle zu haben. Wenigstens hatte er sich geweigert, auch nur einen Fuß in die Praxis des Psychiaters zu setzen und gleich zu einem veritablen Rundschlag ausgeholt: «Ich bin doch nicht meschugge, niemals gehe ich in Behandlung! Die Psychiater sind selber die größten Psychopathen und missbrauchen die Patienten zu ihrer eigenen Selbstfindung. Ich gehe bis zu meinem Ableben niemals zu einem Seelenklempner! Hast du das nun ein für allemal begriffen? Und versuche ja nie, mich in eine Klapsmühle abzuschieben oder mich mit Medikamenten vollzupumpen, verstanden?», hatte er Rita unwirsch entgegnet und, um seine Aussage noch zu zementieren, provokativ angefügt: «Ich lasse mich doch nicht immer von dir bemuttern! Therapiere dich doch selbst!» Noch vor zehn Jahren hätte ein solcher Ausbruch zur Eskalation geführt, und Rita hätte mindestens verbal zurückgeschlagen. Diesmal blieb sie aber total ruhig, was ihn völlig ins Leere laufen ließ. Diese überlegene Art, sich nicht provozieren zu lassen, hatte ihn dann beinahe zur Weißglut getrieben.

Rita hatte sich vor Jahren in Deutschland zur Supervisorin ausbilden lassen und zeigt sich seither sehr geschult im aktiven Zuhören. Im Übrigen kennt sie ihren Heiri nach weit über dreißig Ehejahren in- und auswendig. Er wird sich schon wieder einkriegen. Begreiflich, dass er nach dem Vorfall derart aufgewühlt und hässig ist. Seine Nerven liegen blank, war ihr unmittelbares Fazit. Kurz vor der Auflösung des verzwickten Falles, wie er mehrmals beteuerte, sei es zum unrühmlichen Ausraster, welcher zu seinem Nervenzusammenbruch führte, gekommen. Er konnte es einfach nicht verkraften, auch nach einer Woche außer ein paar Indizien immer noch keine handfesten Beweise gegen das hauptverdächtige Ehepaar Hemund gefunden zu haben. Schließlich brannten ihm bei einem dreistündigen Kreuzverhör sämtliche Sicherungen durch. Er wurde handgreiflich und ging wild auf die Angeklagten los. Seine Assistentin kriegte beim Dazwischengehen ebenfalls einiges ab. Er sei dann mitten in seiner Attacke in sich zusammengesackt, hieß es. Und man habe ihn dann unverzüglich in die Notfallstation des Regionalspitals eingeliefert. Stundenlang zitterte er am ganzen Körper, und sein Blutdruck hatte wahre Veitstänze vollführt.

Missmutig ist er heute um vier Uhr früh von zu Hause weggefahren. «Im Hochsommer an die Côte d'Azur, was für ein Stumpfsinn», hat er fortwährend vor sich hin gemurrt. «Zur Erholung, bei dreißig Grad im Schatten? Judihui! Und wer schaut währenddessen zu unserem Haus und unserem Garten?», fragte er beim Wegfahren in vorwurfsvollem Ton. Der Garten ist schon seit ein paar Jahren ein Dauerbrenner in ihren Auseinandersetzungen. Rita hat ihm schon mehrmals den Vorschlag gemacht, sie könnten doch in eine pflegeleichte Stadtwohnung nach Bern oder Biel ziehen. Zugegeben, er hatte Rückenprobleme, und trotzdem genoss er es, sich beim Jäten oder anderen Gartenarbeiten aktiv zu erholen. Hier fand er die nötige Ruhe, um sich von seinem mitunter hektischen und anstrengenden Alltag zu erholen. Nicht selten hatten sich dabei wie von allein ganz knifflige Fahndungsprobleme gelöst. In Abweichung zum Sprichwort: Der Gärtner ist immer der Mörder, hätte es bei ihm wohl heißen können: Der

Gärtner fängt jeden Mörder! Ja, er löste seine Fälle nie am Schreibtisch.

«Hättest du nicht rechts abbiegen müssen?», fragt Rita unvermittelt und reißt den Kommissar aus seinem stillen Grübeln. Er ist überzeugt, in seinem letzten Fall kurz vor der Auflösung gewesen zu sein. Das Opfer war zur Täterin geworden. Aus Rache hatte sie ihren früheren Vergewaltiger mithilfe ihres Mannes, dem heiligen Robert Hemund, umgebracht. Silvia Möri, die Leiterin der Psychoklinik, hatte ihm gestanden, dass der Ermordete nicht nur sie, sondern auch ihre Assistentin, vor Jahren sexuell belästigt habe Ihre Alibis waren alles andere als hieb- und stichfest. Wendy Hemund hatte angeblich zur Tatzeit einen Rapport geschrieben, und ihr Mann habe zu Hause ihre beiden Kinder betreut... Wendy, wer heißt schon Wendy! Eigentlich gefiel sie ihm und ihr etwas schüchternes Auftreten, und irgendwie konnte er nicht nachvollziehen, wie sich die hübsche junge Frau diesen Arsch Hemund als Ehemann ausgesucht haben konnte.

Mürrisch wendet Heiri seinen Wagen. «Diese Scheiß-Verkehrskreisel!», flucht er. «Kreisel, Doppelkreisel mitten in der Pampa draußen – und wir Schweizer haben nichts Besseres zu tun, als den Franzosen diesen Blödsinn nachzubauen!», schimpft er vor sich hin. Ritas Bemerkung – «wir könnten ja auch das GPS einschalten» – überhört er willentlich und um nicht noch ganz Amok zu laufen. Das fehlte gerade noch. Diese ständige Begleitstimme konnte ihm gestohlen bleiben. Auf seinen ausgezeichneten Orientierungssinn kann er sich sonst immer verlassen. Er kennt die Strecke zudem, da sie schon mehrmals in der Wohnung in La Favière hatten Urlaub machen dürfen.

Der Zeitverlust durch sein Missgeschick ist minim, und wenig später erreichen sie den Parkplatz, der zur Terrassenwohnung gehört. Beim Aussteigen schlägt ihnen die Sommerhitze entgegen. Vom Meer her hört man ein Gemisch aus dröhnenden Bässen, Kindergeschrei und Trommelschlagen. Hoffentlich werden die Pseudo-Hippies und schwarzen Strandverkäufer nicht wieder nächtelang trommeln, denkt er und wischt sich den Schweiß von der Stirn. Das Auspacken und Treppen-Hochschleppen des

Gepäcks ist immer mit zusätzlichem Stress verbunden. Oft schon haben Diebe genau in dem Moment zugeschlagen und das Auto der Ankommenden aufgebrochen oder herumstehende Gepäckstücke geklaut. Rita schlägt zu seinem Ärger die Warnungen meist in den Wind. Umso mehr fühlt er sich verantwortlich für ihr Hab und Gut. Er ist hier übertrieben vorsichtig und bemüht, stets alles abzuschließen.

5

Erst nach dem wohlverdienten Apéro auf der Terrasse mit Meerblick kann er sich ein wenig entspannen, sodass seine Frau ihn ohne große Überredungskünste zu einem ersten Bad im Meer motivieren kann. Unbeeindruckt von Heiris Bemerkung, dass er diesen sommerlichen Rummel hasse, lässt sie sich die Vorfreude auf ein kühlendes Bad nach der langen beschwerlichen Autoreise nicht nehmen. Auch in ihm kommt so etwas wie Ferienstimmung auf, als er auf dem Boule-Platz die altbekannten einheimischen Gestalten sieht. Wie sie mit ihren an Schnüren befestigten Magneten ihre Metallkugeln hochheben, weil sie mit ihren dicken Bäuchen die größte Mühe hätten, sich zu bücken. Ihre Sprüche, mit denen sie jeden Wurf kommentieren und so vor allem auch die Zuschauer unterhalten. Das ist Leben, denkt er. Sich täglich stundenlang dem Spiel hingeben können und so Kontakte und Freundschaften pflegen, statt wie andere allein die ganze Zeit zu Hause vor dem TV oder dem PC zu sitzen...

Der Weg zum Meer an ihren bevorzugten Badestrand führt sie an diesem furchtbaren Bau einer Altersresidenz vorbei. Hoffentlich enden wir nicht so! Diese lädierten und meist dementen Menschen können nicht einmal mehr das Meer genießen. Die Tage verbringen sie in diesem staubigen Vorhof. Das spärliche Pflegepersonal ist aus Zeitgründen nicht in der Lage, sie wenigstens ab und zu ans Meer zu begleiten. Welch krasser Gegensatz zu den Boulespielern von vorhin! Hoffentlich können wir bis ans Ende unserer Tage selbstbestimmt leben, denkt er, als er durch die Gitterstäbe des Zauns, der einen Vorplatz umgibt, hindurch späht. Tatsächlich sieht er mehrere erbarmungswürdig aussehende Alte auf einer Bank und manche in Rollstühlen sitzen. Peinlich berührt will er sich rasch wieder abwenden, als sein Blick an einer alten

Frau im elektrischen Rollstuhl hängen bleibt. Er erschrickt und bleibt abrupt stehen. Ungläubig starrt er diese Frau an, ohne vorerst zu wissen, warum.

«Geh nur, ich komme nach», hört er sich zu seiner Frau sagen, die es zum Meer zieht. Was ist es nur? An wen oder was erinnert mich diese Frau? Ist es ihre auffallend rötlich gefärbte Perücke? Hat nicht die Besucherin, die den Ermordeten in der Klinik angeblich tot vorfand und die er unmittelbar nach der Tat befragt hatte, eine solche getragen? Heiri kneift sich in die Nase. He, du bist in Südfrankreich, versucht er sich ins Bewusstsein zu rufen und will sich gerade abwenden, als ihm der Begleithund der alten Frau auffällt, der etwas verdeckt vom großen Seitenrad des Rollstuhls auf dem staubigen Kies liegt. Als er auch noch das rosa und mit «Copain» beschriftete Hundesacko sieht, beginnt sein Puls zu rasen. So viel Zufall kann es doch nicht geben! Die Frau in der Aarberger Klinik hat ebenfalls einen Labrador-Begleithund mit dem exakt gleichen Copain-Mäntelchen an ihrer Seite gehabt. Wenn ich mich nicht täusche, sind die beiden von der Größe und vom Aussehen her identisch! Die Begleithunde in der Schweiz tragen doch gelbe Sackos?! Wie kam also die in den Mordfall verwickelte Frau zu einem Helferhund aus Frankreich? Die Zeugin war doch eine waschechte Bernerin! Es dauert eine Weile, bis er sich schließlich von dem interessanten Gespann abwenden kann. Erstens bin ich hier in Frankreich, rund siebenhundert Kilometer vom Ort des Geschehens entfernt, und zweitens war die behinderte Besucherin des Toten doch etliche Jahre jünger. Also was soll der Schwachsinn! Ich habe wohl wirklich einen Schaden und zusätzlich noch Halluzinationen vom Hitzestau oder von den drei Pastis, die ich nach der langen Hinfahrt in meinen nüchternen Magen gegossen habe. Kopfschüttelnd hastet er davon.

Das Bad im vom Mistral stark abgekühlten Meer bringt ihm die bitter benötigte Entspannung. «Herrlich!», sagt er, während er sich auf dem Badetuch neben der immer noch trockenen Rita breitmacht.

«Mir ist es zu kalt!», seufzt sie. «Ich fahre doch nicht im Juli in den Süden, um hier im siebzehn Grad kalten Wasser zu baden!», schimpft sie genervt. «Da ist ja die Niederried-Aare noch wärmer!»

«Vom AKW Mühleberg aufgewärmt», witzelt Heiri sarkastisch.

Erst das köstliche mediterrane Abendessen im *Chez Benoit* vermag Ritas Laune wieder aufzuhellen. Beim Dessert fragt sie plötzlich: «Und warum bist du bei der Residenz so unvermittelt stehen geblieben? Hast du jemanden erkannt? Eine heimliche Liebe vielleicht?»

«Ja, ja, sie ist neunzigjährig und lässt sich von mir überall hinschieben», antwortet er mit einem Schalk, welchen Rita früher so an ihm geschätzt hatte. Ja, auch ihn hat der Rotwein etwas gesprächiger gemacht. Natürlich ist bei der Frage seiner Frau das Hundebild wieder in ihm aufgetaucht, doch nach einem Grappa zum Verdauen, wie er zu sagen pflegt, kann er seinem Zwangsurlaub durchaus auch eine gute Seite abgewinnen. Der Leistungsdruck ist weg. Er hat endlich wieder einmal Zeit, ein paar Tage mit seiner immer noch attraktiven Frau zu verbringen, ein Buch zu lesen, die Tour de France im Fernsehen zu verfolgen und sich dem Dolcefarniente hinzugeben.

Doch spätestens als er um Mitternacht immer noch schlaflos neben Rita liegt, holen ihn die Gedanken zum ungelösten Mordfall wieder ein. Er schleicht sich aus dem Schlafzimmer und setzt sich mit seinem Laptop an den Terrassentisch. Das Naturphänomen mit der glitzernden Meeresoberfläche, beleuchtet vom schon fast runden Mond, nimmt er nicht wahr. Im Internet macht er sich über die Helferhunde der Stiftung *Le Copain* schlau. Spätestens beim Vergleich mit dem Fahndungsfoto ist er sicher, dass dieser Hund oder zumindest seine rosa Schärpe nicht aus der Schweiz stammt. Die französischen Sponsoren-Aufschriften weisen eindeutig auf das Herkunftsland Frankreich. Merkwürdig, denkt er. Ich bin mir absolut sicher, dass die Frau Berndeutsch gesprochen hat und als Wohnsitz das Wohnheim Rossfeld in Bern angegeben hat. Auf einmal erinnert er sich an das nervöse Bellen des Hundes und die eigenartige Fahrweise der verhörten Dame, damals im Korridor der Psychiatrischen Klinik. Es war, als hätte die Rollstuhlfahrerin eine Menge Alkohol intus gehabt. Sein Instinkt sagte ihm schon damals, dass da etwas nicht stimmte. Die Hunde werden monatelang aufs Helfen und ein gutes Benehmen gedrillt. Der Hund der Zeugin, oder sollte man nun besser sagen, der Mitverdächtigen, war damals hypernervös und völlig außer Kurs. Unglaublich! Bin ich da wirklich auf eine neue heiße Spur gestoßen? War das seltsame Gespann Teil eines raffinierten Mordplans gewesen? Möglich wäre es jedenfalls. Schon fast genial. Doch nein, wie soll eine Tetraplegikerin, die ihren Elektro-Rollstuhl mit dem Kinn steuert, die also an beiden Händen gelähmt ist, einen Mord an einem körperlich gesunden Mann begehen? Unmöglich! Der Mann wurde mit einem Draht oder etwas Ähnlichem stranguliert. Das Mordwerkzeug hatte man nicht gefunden. Aber vielleicht sollte die Invalide mit ihrem Hund auch nur vom Täter ablenken. Auffällig war auch die tiefe Stimme der Behinderten gewesen. Doch es gab damals wirklich keinen Anlass, ihr zu misstrauen. Sie war es ja, die Alarm geschlagen hatte, als sie ihren Verwandten sterbend vorfand. Heiri öffnet die Kopie des Zeugenprotokolls auf seinem Laptop: «Mein Hund hat mir das Zimmer geöffnet. Die Zimmernummer habe ich mir zuvor an der Rezeption geben lassen. Ich habe Marc allein im Zimmer vorgefunden. Sofort erkannte ich seine Notlage. Er lag am Boden und war schon nicht mehr ansprechbar. Offensichtlich lag er in seinen letzten Zügen. Schrecklich! Ein Windstoß hat zu allem Unglück dann noch die Zimmertür zugeschlagen. Ich konnte also nicht sofort Hilfe holen, denn mein Hund kann Türen gegen die Laufrichtung meist erst nach mehreren Versuchen öffnen. Nothilfe konnte ich wegen meiner Behinderung nicht leisten, und an den Notknopf kam ich mit meinem einzig beweglichen Körperteil, dem Kopf, nicht ran. Verzweifelt schrie ich um Hilfe. Aber da zur gleichen Zeit ein Gewitter mit Blitz und Donner tobte, hat mich einige Zeit niemand gehört. Mein Hund hat sich in dieser Notsituation nicht mehr zurechtgefunden und daher keine weiteren Türöffnungsversuche unternommen. So zerrannen wichtige Minuten, bis endlich die Pflegerin Wendy Hemund zu Hilfe kam. Marc war jedoch zu diesem Zeitpunkt bestimmt schon tot. Dies bestätigte kurz darauf auch die herbeigeeilte Chefärztin, die aufgrund des offenkundigen Todes von Marc auf Wiederbelebungsmaßnahmen verzichtete.» Diese Zeugenaussage tönt doch durchaus realistisch. Ich habe die Befragung auch selber durchgeführt. Durch Zufall war ich ja sogleich vor Ort, denn die Mordfallmeldung erreichte mich beim Samstagseinkauf unweit des Städtlis. Ich war also auch Zeuge dieses überfallartigen Gewittersturms, den die Zeugin schilderte, denkt Heiri. Die Frau Winkelmann, welche sich als Marcs Cousine ausgab, begann dann jämmerlich zu schluchzen. Als sie sich wieder gefangen hatte, bat sie um ein Ende der Befragung. Sie wohne im Wohnheim Rossfeld und sei natürlich jederzeit zu weiteren Aussagen bereit. «Wer bringt schon einen so herzensguten Mann wie Marc um? Er hat mir finanziell immer wieder unter die Arme gegriffen. Er hat mir zum Beispiel ermöglicht, den Hund und diesen 50 000 Franken teuren Rollstuhl anzuschaffen! Ich werd' verrückt!», jammerte sie verzweifelt, dann fuhr sie etwas unbeholfen davon. Was nach dieser Aufregung eigentlich auch nicht weiter verwunderlich war, denkt Heiri. In dem Moment erscheint eine Nachrichtenmeldung per E-Mail auf seinem Bildschirm. Laura S., liest Heiri überrascht. Um 02.15 Uhr abgesandt?! Rasch öffnet er die Meldung seiner Kriminalassistentin aus Bern.

6

Lieber Heiri

Seid ihr gut im «Exil» angekommen? Bitte entschuldige die Störung! Ich wollte dich wirklich in Ruhe lassen, doch ich kann nicht mehr! Ich sehe mich gezwungen, dir zu schreiben, denn ich bin am Verzweifeln, völlig übermüdet und finde seit Tagen keinen Schlaf mehr. Ich muss mir irgendwie Luft verschaffen… In erster Linie geht es um Boselli, diesen Kotzbrocken! Warum nur haben sie ausgerechnet ihn mit der Lösung dieses (unseres) Falles beauftragt? Er ist unausstehlich! Sein Auftreten, seine Arroganz und sein Umgang mit unserem Team sind abscheulich. Mich hat er buchstäblich zu seiner Sekretärin degradiert. Schon seine Antrittsrede, die er übrigens in deinem Büro gehalten hat, ließ Schlimmes erahnen. Widerlich, wie er sich auf der Pultkante sitzend pseudolässig in Pose gesetzt hat. Sein erster, sarkastisch vorgetragener Satz lautete: «Jetzt müsst ihr halt mit mir Vorlieb nehmen, meine Lieben!» In der Folge hat dieser borniere Emporkömmling unsere bisherige Arbeit in den Dreck gezogen. Den Satz: «Ich bringe einen frischen Wind in die Bude und dulde keine Wildwestmethoden» empfand ich als gemeinen Seitenhieb. «Meine Stärken sind Fleiß und Ausdauer», fuhr er mit seiner Rede fort, «diese Tugenden wurden mir schon als bestem Abgänger vom Ausbildungskommandanten Stucki attestiert. Was ich anpacke, bringe ich zu einem Ende, versteht ihr? Wenn es einen Fall zu lösen gilt, gönne ich mir keine Zeit fürs Privatleben. Selbstverständlich verlange ich diese totale Hingabe auch von euch allen, vom Hintersten und Letzten meines Teams. Viele Köche verderben bekanntlich den Brei, deshalb löse ich den Fall ganz alleine. Will heißen: Ich leite alle Ermittlungen, alle Verhöre und Recherchen. Ihr seid mein Instrumentarium. Diese klare Hierarchie wird uns am besten und schnellsten zum Ziel führen.» Und er hatte sogar noch die Frechheit, seine Rede mit den Worten: «Die längst überholte Webersche Strategie wird nun vom Bosellschen akribisch genauen Fahndungsstil abgelöst!» Ja, und nun leiden wir alle unter ihm. Er hat uns entmündigt. Beim Ermitteln führt er ellenlange Monologe, die er alle per Diktafon aufnimmt. Jeden Abend erhalte ich nun bei Dienstschluss den Befehl, diese wirren Sätze, dieses Chaos von Gedanken, Gesprächen, Vermutungen, Verdächtigungen und Interpretationen noch aufzuschreiben. Um Punkt 21 Uhr kehrt er dann ins Büro zurück und nötigt mich, ihm die Berichte wie ein Schulmädchen vorzulesen. Anschließend diktiert er mir Korrekturen und feilt mit mir noch an Formulierungen herum. Krass, nicht wahr? Und immer diese Wichtigtuerei: «Im Detail liegt der Erfolg! Kleine, akribisch exakte Schritte führen zum Durchbruch. Wie ein Puzzle mit Millionen von Einzelteilen werde ich sie zu einem Ganzen zusammenfügen.» Einwände und Fragen oder gar meine eigenen Beobachtungen blockt er ab. Wenn ich insistiere, fährt er mir übers Maul. «Ihre Meinung interessiert mich nicht, im Bedarfsfall werde ich Sie danach fragen.» Gegen 22 Uhr beendet er dann unsere Meetings gewöhnlich mit den Sätzen: «Gute Arbeit! Jetzt ist Schluss für heute, morgen ist auch noch ein Tag. Darf ich Sie noch zu einem Drink einladen, Frau Sollberger? Ich brauche Sie morgen erst wieder ab 10 Uhr. Ich danke Ihnen für die tolle Zusammenarbeit. Bald haben wir den Fall gelöst, und ich werde für Sie eine Lohnerhöhung oder zumindest eine Bonifikation beantragen.»

Arschloch! Ich würde mich am liebsten beurlauben lassen. Aber du weißt, dass ich meine freien Tage mit meiner Indienreise im Februar alle schon bezogen habe… Bevor ich dich nun weiter mit meinen Sorgen zutexte, nur noch dies: Ich will nun, neben meinem Dasein als Sklavin Bosellis, den Fall selber aufrollen. Am liebsten würde ich den Fall mit dir lösen! So wie ich dich kenne, lässt dir die ganze Sache bestimmt keine Ruhe. Deine Freistellung ist so hässlich und erniedrigend inszeniert worden! Die Erinnerung bereitet mir nach wie vor großen Schmerz. Aber wir müssen vorwärts schauen, nicht wahr? Einen Vorteil hat mein Job als Bosellis Vasallin. Die gesamten Unterlagen laufen durch meine Hände! Seit vorgestern erlaube ich mir, nicht zuletzt aus Langeweile, vor Ort selber zu ermitteln. In Kurt habe ich einen Gehilfen gefunden. Mit seinem Suchhund hat er bestimmt schon hundertmal vergebens das ganze Städtli nach der Mordwaffe, diesem Erdrosselungskabel oder -draht, absuchen müssen. Gestern hat er mir eine hoch interessante Postkarte zugesteckt, die er beim Durchwühlen des Altpapierstapels im Keller entdeckt hat. Ich habe dir den Text eingescannt (siehe Anhang).

Hastig öffnet Heiri die Seite und überfliegt die in kindlicher Schulschrift notierten Zeilen:

Der Wolf wird dich überall finden und sich holen, was ihm gehört. Er hat seinen Blick geschärft, seine Krallen gewetzt, die Zähne geschliffen und wird dir das Leben zur Hölle machen! Grüß mir die kleine süße Göttin der Lust und Liebe, Putain. Jahuuuuuhl!

Auf dem Bild war die entsprechende Szene aus Grimms Rotkäppchen abgebildet mit dem verkleideten Wolf in Großmutters Bett.

Wenn das keine Drohung ist! Doch wer hat sie geschrieben? Mir wurde sofort bewusst, dass ich meine Ermittlungen vorerst im Umfeld des Toten führen muss. Weshalb ist er in die Klinik eingetreten? Warum verfolgt ihn dieser Wolf bis hierhin, die Karte ist nämlich mit der Adresse der Klinik versehen und mit einer französischen Briefmarke frankiert! Spannend nicht wahr! Der Zufall wollte es, dass ich zwei Stunden später noch auf einen zweiten interessanten «Märchen-Fund» gestoßen bin. Boselli hat sich nämlich ganz auf die Chefärztin der Klinik als Täterin eingeschossen und die Klinikunterlagen und Berichte der letzten drei Wochen beschlagnahmen lassen. Annemarie und ich sind nun in jeder freien Minute abkommandiert, um das ganze Material zu sichten. Dabei ist uns aufgefallen, dass über jede Patientin und jeden Patienten akribisch Buch geführt wird. Von Eintrittsberichten über sämtliche Therapiestunden, ja beinahe über jeden Schritt der Patienten finden sich Protokolle und Notizen in den Unterlagen. Umso erstaunter waren wir über die äußerst nachlässig geführte Akte Flückiger. Sie enthält nur zwei wenig aussagekräftige, lückenhafte Blätter. Dies schien mir doch sehr verdächtig.

Zufälligerweise war Marco, unser IT-Spezialist, im Haus. Er schaffte es, sich in das Intranet der Klinik einzuhacken. Dort fand er im Anhang einen vom damals diensthabenden Psychiater Dr. Meier an die Klinikleitung adressierten Eintrittsbericht über Marc Flückiger. Sicher magst du dich noch an Meier, den kettenrauchenden Deutschen, erinnern, welcher nicht so recht ins Team passt und uns gegenüber offenbar mit einem Redeverbot belegt war. In seinem Bericht schreibt er von einer Wolfs-Paranoia, die mich an die wildesten Grimmschen Märchen vom bösen Wolf erinnern. Natürlich machte ich sofort den Link zur verdächtigen Postkarte. Du wirst staunen, auch die Liebesgöttin Venus hat Marc anscheinend in seinem schizophrenen Anfall erwähnt. Da die Postkarte rund zwei Wochen nach Marcs Klinikeintritt eintraf, kann sie nicht der Auslöser für seine Panikattacken gewesen sein. Die ganze Wolfs-Paranoia muss also älteren Datums sein.

Wer ist aber die Venus? Dieser Name passt irgendwie überhaupt nicht in die Märchenwelt! Trotzdem könnte uns Venus zum Wolf und damit zum potenziellen Täter führen. Unsere Ermittlungen förderten nämlich noch ein Geheimnis zutage. Es schien mir höchst verdächtig, dass der Eintrittsbericht keine Aufnahme ins Dossier Flückiger gefunden hat. Zumal der Bericht von Doktor Meier noch höchst fachkundige Ergänzungen und Empfehlungen enthält. Unter Bemerkungen schrieb er zuerst eine kleine Abhandlung, in der er Marc Flückligers Krankheitsbild als paranoide Schizophrenie bezeichnet. Von Verfolgungswahn ist die Rede. Im Weiteren schlägt er vor, Marc nach einer Ruhestellung zu weiteren Abklärungen und Behandlungen in die Psychiatrische Klinik in Münsingen zu überweisen, denn dort bekäme er punkto Schizophrenie-Behandlung sicher das Optimum an Hilfe. Bemerkung: Bei der Durchsicht der Krankendossiers fällt auf, dass in Aarberg fast ausschließlich Depressionsfälle/Burn-out-Fälle behandelt werden.

Warum ist also die Klinikleitung nicht auf den Vorschlag von Meier eingegangen?

Zum Glück packte das ganze Versteck- und Suchspiel auch unseren IT-Freund. Und er wurde rasch fündig. In einem gelöschten Antwortmail an Doktor Meier hat er folgende höchst brisanten Sätze an den Tag gebracht:

Es steht dir nicht zu, nach einer so kurzen Beobachtungsphase solche Prognosen zu stellen. Zufälligerweise kenne ich diesen Typen und weiß sehr genau, in welchem Spittel er krank ist. Er hat seine Frau und dich wohl an der Nase herumgeführt. Ab sofort übernehme ich den Fall Marc Flückiger. Die Venus und der Wolf gehören mir!

Unglaublich, nicht wahr? Was wird hier gespielt? Welche Rolle hat die Chefärztin? Ich bleibe dran! So, nun will ich dich aber nicht mehr weiter mit Schnee von gestern belästigen. Obschon ich dich am Arbeitsplatz so sehr zurücksehne, hoffe ich, dass du dir Zeit lässt, wieder zu Kräften zu kommen. Wenn du willst, halte ich dich gerne auf dem Laufenden. Vielleicht hast du ja Lust, anstelle eines Ferienkrimis meine Ermittlungen «under cover» mitzuverfolgen und mir Ratschläge zu übermitteln. Bitte versteh mich richtig. Für mich ist das Ganze ein Spiel, aber zugleich auch eine Art berufliche Überlebensstrategie. Überleg dir bitte gut, ob du deinen Kopf so besser frei kriegst, als wenn du es mit völligem Abschalten versuchst.

Herzliche Grüße
Laura

Ein kurzes Lächeln huscht Heiri übers Gesicht. Ein gutes Mädchen, denkt er. Wenn die wüsste... Die Chefärztin spielt sicher eine zentrale Rolle. Doch als Mörderin kommt sie aufgrund ihres hieb- und stichfesten Alibis nicht infrage. Sie hatte einen Zahnarzttermin, und der stets korrekte Zahnarzt Moser, mein früherer Handballkollege, würde mich niemals belügen. Jedenfalls hat Laura mit ihrem E-Mail meinen Ermittlernerv getroffen. Natürlich bin ich dabei! An Zeit fehlt es mir diesmal nicht.

Er will gerade zu seinem Notizblock greifen, um die aus der Schweiz übermittelten Fakten aufzulisten, als sich plötzlich von hinten ein Arm um seinen Hals legt und ihm eine Frauenstimme «Herr Kommissar» ins Ohr haucht.

Heiri erschrickt. Sofort klappt er seinen Laptop zu, steht auf und umarmt seine Frau. «Entschuldige, ich konnte einfach nicht einschlafen», versucht er sich zu erklären.

Rita gibt ihm einen Klaps auf den Hintern und entgegnet: «Du hast sicher nicht einmal die fantastische Naturstimmung wahrgenommen. Schau, der Mond versinkt soeben im Meer.» Beide blicken nun gebannt und schweigend auf das Naturspektakel. Wie klein und unwichtig wir Menschen angesichts dieser Dimensionen doch sind, sinniert er, und dieser Gedanke rückt seine Sorgen etwas in den Hintergrund. Es gelingt ihm, den Fahndungsstress zu vergessen und kurz darauf in den Armen seiner Frau friedlich einzuschlafen.

7

Beim Erwachen riecht es schon herrlich nach Kaffee. Rita, die überzeugte Frühaufsteherin, hat anstelle ihres sonst üblichen Morgenbades bereits fürs Frühstück eingekauft. Aus Erfahrung weiß sie, dass das Mittelmeer mehrere Tage braucht, um sich vom Mistralschock zu erholen. Baden in siebzehngradigem Wasser ist definitiv nicht ihr Ding. Trotzdem ist sie schon hellwach und unternehmungsfreudig. «Wollen wir heute angesichts der Mistralbedingungen einen Ausflug nach Saint-Tropez unternehmen?», fragt sie Heiri beim Frühstück. «Heute ist da auch Markt, ich habe es im Lokalblatt, dem *Var-Matin*, gelesen.»

Muss das sein?, denkt er, um dann doch mit übertrieben freundlicher Stimme einzuwilligen. Seine Absicht ist klar: Ich muss meine Frau bei Laune halten, um dann im Geheimen weiterermitteln zu können, sie lässt mir sonst keine Ruhe. Eine Fahrt ins malerische Saint-Tropez wird auch mir etwas Abwechslung bringen. Ich kann mich erfahrungsgemäß dann rasch aus dem Wochenmarktgetümmel ausklinken und in einem der Hafen-Bistros Zeitung lesen und Pastis trinken. Auch wenn die Wolfspostkarte aus Frankreich abgesandt wurde und der Copain-Helferhund aus Frankreich kommen sollte, muss ich wohl oder übel noch mehr Details von Laura über den Mord abwarten, um ihr beim Zusammensetzen der Puzzleteile behilflich sein zu können. Geduld ist also angesagt. Die Wahrscheinlichkeit, dass die alte Dame unten in der Ferienresidenz für Behinderte mit dem Fall etwas zu tun hat, ist vernachlässigbar klein. Also auf nach Saint-Tropez!

Schon die Hinfahrt ist beileibe kein Zuckerschlecken. Für die knapp dreißig Kilometer Küstenstraße brauchen sie mehr als zwei Stunden. Es scheint, dass alle Touristen heute dieselbe Idee haben und eine Tagestour dem Bad im kalten Meerwasser vorziehen. Der Mistral hat in der Nacht zu allem Leidwesen eher noch zugelegt. «Im Stau können wir wenigstens die Panoramastraße mit Sicht aufs Meer mit den vorgelagerten naturbelassenen Inseln genießen», versucht Rita dem Ganzen doch etwas Gutes abzugewinnen. «Schau die fantastische, azurblaue Wasserfarbe und die scharfen Konturen der vorgelagerten Inselgruppe. Einmalig, wie im Bilderbuch! Ich liebe diese Stimmung!» Ihn kann dieser Zweckoptimismus aber keineswegs aufmuntern, im Gegenteil. Immer versucht sie, alles zu beschönigen. Was bezweckt sie wohl damit? Innerlich regt sie sich im Wissen, dass der Markt ab zwölf Uhr wieder abgebaut wird, sicher auch über den mühsamen Stau auf. Ich bin doch kein Depro-Typ, den man von morgens bis abends immer bei Laune halten muss, denkt er verärgert.

Endlich haben sie es doch noch geschafft und auf dem riesigen Parkplatz außerhalb des Städtchens eines der letzten Parkfelder erobert. Sie eilen dem Markt entgegen, geraten aber hierbei rasch in einen Menschenstau. Sie werden nun, fremdbestimmt im Tempo des Menschenstromes, förmlich durch den Markt geschleust. Super, denkt Heiri, während Rita wenig begeistert ist. Gerne hätte sie nämlich bei ihren bevorzugten Kleiderständen etwas verweilt. Ihm hingegen kommt der regelmäßig fließende Pulk in mehrfacher Hinsicht entgegen. Erstens haben sie den Markt so in zwanzig Minuten «gemacht» und zweitens sind die Schränke seiner Frau bereits gefüllt mit dünnen Blusen und Sommerkleidchen, die sie, bedingt durchs raue Schweizer Klima, ohnehin nur zwei bis drei Wochen im Jahr tragen kann. Heiri hat sich zwar schon vor Jahren vorgenommen, sich deswegen nicht mehr zu ärgern. Es will ihm aber nicht gelingen. Vor allem ihre ständig gleiche Rechtfertigung mag er definitiv nicht mehr hören: «Ein solches Schnäppchen kann man sich doch nicht entgehen lassen – steht es mir nicht gut?» Warum fällt sie, wie so viele andere Touristen auch, immer auf die kundenfängerischen Sommerrabatte herein? Die Franzosen werden sicher nicht so blöd sein und ihre Waren ausgerechnet in der Hauptsaison zu Billigpreisen an zahlungskräftige Touristen verschachern…

Durch ein schmales Gässchen gelangen Webers nun zum weltberühmten alten Hafen mit den Luxusjachten. «Hoffentlich finden wir noch ein schattiges Plätzchen in *unserem* Bistro», bemerkt er. «Ich muss mich noch etwas akklimatisieren, weißt du. Bei uns hat es ja vor ein paar Wochen noch geschneit, und die Sonne entfaltet hier um die Mittagszeit in dem vom Wind abgeschirmten Hafen ihre ganze Kraft», ergänzt er.

Zufällig wird gerade ein Tisch frei, und während sie etwas Kleines essen, können sie die malerische Hafenpromenade und die Sicht auf die Jachten genießen. «Schau, sogar hier unten gibt es Fans vom SC Bern!», sagt Rita auf einmal überrascht und deutet auf eine Jacht, die soeben angelegt hat. Tatsächlich flattert im Heck des Kahns eine Meisterflagge des Schlittschuhklubs Bern.

Gehört dieses neben den protzigen Motorjachten zwar eher kleine, aber dennoch ansehnliche Boot tatsächlich einem Berner?, fragt sich Heiri, denn sie wird nicht etwa auf einem Visiteurplatz vertäut. Krampfhaft versucht er, den Schiffsnamen zu erraten, denn durch die danebenliegende Segeljacht ist der lange Schiffsname mehr als zur Hälfte verdeckt. *W.NU* . . . . . . *MPLITZ* ist zu erkennen.

Das darf doch wohl nicht wahr sein! Plötzlich ist Heiri hellwach. Wohl um sein Gewissen zu beruhigen, und weil es ihm Rita gegenüber peinlich ist, dass sein Ermittlerinstinkt ihn schon wieder voll erfasst hat, macht er noch einen Spruch über den Kassenzettel, der ihnen auf dem Tellerchen serviert wird: «Da schau! Die Franzosen werden wohl noch in hundert Jahren den Betrag auf den Kassenzetteln zusätzlich in Französischen Francs angeben! La Grande Nation, hm, hm!» Nach dem Bezahlen steht Heiri sofort auf und steuert zielstrebig auf die «Berner» Jacht zu. «Komm, wir gehen uns das Schiff etwas genauer ansehen.»

«Wer aus unserer näheren Heimat kann sich schon einen Hafenplatz in Saint-Tropez leisten, frage ich mich. Kannst du den Schiffsnamen lesen», fragt Rita. «Ich habe mit meiner ungeschliffenen Sonnenbrille keine Chance». Da bemerkt sie seine fahle Gesichtsfarbe und sein ungläubiges Kopfschütteln. «Ist dir nicht gut? Wollen wir in den Schatten zurück?», fragt sie besorgt. «Das

Boot ist doch gar nicht so wichtig! Eigentlich ist es eh pervers, wie die Bonzen hier ihren Reichtum zelebrieren. Und wir tun ihnen auch noch die Ehre an und pilgern förmlich hierhin zu ihren Prestigeobjekten. Was hat ihnen zu ihrem exzessiven Reichtum verholfen? Wie viele arme Kerle mussten dafür Opfer bringen?!», enerviert sie sich. «Komm, wir gehen ins klimatisierte Auto zurück!», schlägt sie ihrem Mann vor, der immer noch auf den im Liegestuhl liegenden Mann starrt und etwas wie «W.Nuss vo Bümpliz» und «ein Toter im Liegestuhl» murmelt.

Jetzt nur nicht durchdrehen, denkt er besorgt und hütet sich, seiner Frau irgendetwas von seinen Überlegungen kundzutun. «Es geht schon besser», gibt er der besorgten Rita zur Antwort. «Ich muss mich wohl in den nächsten Tagen wirklich schonen. Vorhin fühlte ich mich genau wie nach meinem Nervenzusammenbruch anfangs letzter Woche.»

Die Rückfahrt auf dem Beifahrersitz verläuft dann ohne weitere Zwischenfälle, und der Vorschlag seiner Frau, er solle sich in den nächsten Tagen doch wirklich etwas schonen, sie könne ja selber etwas unternehmen, wenn ihr danach sei, gefällt ihm sehr gut. Dann kann ich endlich in Ruhe ermitteln, denkt er.

«Merkst du eigentlich, dass du nun schon zum x-ten Mal die Anfangsmelodie von *Venus vo Bümpliz* vor dich hin summst?», fragt Rita, als sie auf ihrer Terrasse bei einem kalten Bier und Nüssli sitzen. «Entschuldige – nein! Ich glaube, in mir kommt langsam Ferienstimmung auf», erwidert er erstaunlich schlagfertig. Natürlich kreisen seine Gedanken ständig um diesen sonderbaren Schiffsnamen. Hieß nicht seine Hauptverdächtige mit ledigem Namen Wendy Nussbaum. Fehlt nur noch, dass sie früher in Bümpliz gewohnt hat…

«Hei, Schluss jetzt mit Grübeln. Ich hätte Lust auf eine Partie Boccia!» Damit holt Rita ihren Mann aus seiner gedanklichen Abwesenheit zurück. Ihre Aufforderung ist klar, und plötzlich scheint ihm auch der Zusammenhang von Wendy Nussbaum und dem Schiffsnamen reichlich weit hergeholt.

8

Am gleichen Abend treffen sich in Aarberg zwei Freundinnen am Ufer der alten Aare zu einer kurzen Aussprache: Wendy Hemund-Nussbaum, die Pflegefachfrau, hat Silvia Möri, die Oberärztin, zu einer dringenden Aussprache gebeten. Ohne Umschweife bringt sie es direkt auf den Punkt. «Ich wars nicht! Verstehst du? Wenigstens du als meine beste Freundin und auch mein Mann als vertrauteste Person müssten mir doch glauben! Ihr steht mir am nächsten und wisst genau, dass ich keiner Fliege etwas zuleide tun, geschweige denn einen Menschen umbringen kann! Es reicht, wenn sich die Kripo auf mich eingeschossen hat. Vor allem dieser alte Fuchs Weber hatte sich förmlich an mir festgebissen. Ich spüre aber auch von deiner Seite Misstrauen. Ich kann doch nichts dafür, dass der Boselli nun plötzlich auch dich verdächtigt, nachdem er bis vorgestern auf lästigste Weise bei uns zu Hause rumgeschnüffelt hat. Wir konnten nicht verhindern, dass er gar mit Polizeihunden im ganzen Haus nach der Tatwaffe suchen ließ! Unsere Kinder sind fast traumatisiert. Verstehst du? Zum Glück haben wir nun ab morgen Ferien. Hoffentlich lässt Boselli uns wenigstens wegfahren! Ich drehe nächstens durch! Selbstverständlich hätte ich ein Motiv gehabt, dieses verdammte Schwein umzubringen, aber du weißt, er hat für seine Tat gebüßt. Ich bin selber auf den Deal eingegangen und habe die Anzeige zurückgezogen. Die Vergewaltigung hat er mir teuer bezahlt. Ohne die hunderttausend Franken, mit welchen ihn seine Eltern damals freikauften, hätten wir uns unser Häuschen am Aareggdamm nie leisten können. Aber wem erzähl ich das. Du kennst ja die ganze Geschichte genauso gut... Ich bin doch keine Mörderin. Fast mein ganzes Leben lang pflege ich sympathische und weniger angenehme Mitmenschen. Aus Nächstenliebe, verstehst du?!

Zudem würde ich als Mutter, die ihre Kinder liebt, nicht das Risiko eingehen, jahrelang im Knast zu sitzen und sie ausgerechnet in der bevorstehenden schwierigen Pubertätsphase im Stich zu lassen. Verdammt noch mal. Glaubst du mir endlich?! Oder hast du ihn etwa umgebracht? Dein Hass auf ihn scheint seit unserer Schulzeit noch nicht verflogen zu sein. Er hat dir während der Pubertät mit seinem ewigen Nachstellen und dem ominösen nächtlichen Skilagerbesuch sehr geschadet. Deine Reaktion auf seinen Eintritt fand ich jedenfalls außergewöhnlich emotional. Oder hattest du solche Angst davor, dass er unsere Sache auffliegen lassen würde?! Oder dass Marc gar…»

«Nun mal halblang!», unterbricht nun Silvia den Monolog ihrer Freundin. «He, beruhige dich doch! Mich verdächtigen sie ja auch, und trotzdem drehe ich nicht gleich durch. Meinst du, die Ermittlungen gegen dich und deinen Mann ließen mich kalt! Den stellvertretenden Fahnder mag ich noch weniger als den dispensierten. Er ist ein Emporkömmling, ein «Höbeler», wie mein Vater solche Typen bezeichnet. Sein Eifer ist kaum zu überbieten. Er will die Chance packen, um seinem Chef zu beweisen, was in ihm steckt. Und wer weiß, vielleicht will er seinem Vorgänger, der ihm vor der Sonne stand, auch eins auswischen. Deshalb braucht er Resultate. Lassen wir ihn doch einfach ins Leere laufen. Wo nichts ist, wird er auch nichts finden. Je cooler wir bleiben, desto früher wird er von uns lassen. Niemals habe ich übrigens an deine Schuld geglaubt. Bei deinem Mann sieht es jedoch ganz anders aus. Mir ist nicht entgangen, dass ihr euch in letzter Zeit eher meidet und – entschuldige, wenn ich nun etwas indiskret werde –, euer Interesse aneinander merklich abgeflaut ist. Du hast mir auch schon ein paar Mal eure sexuellen Probleme angedeutet. Könnte es nicht sein, dass er deine Unlust auf Sex ganz deiner Vergewaltigung durch Marc von damals zuschreibt. Welch ein Hass muss da in ihm all die Jahre geschlummert haben! Nun bot sich plötzlich die Gelegenheit…»

«Du bist gemein! Wenn jemand von uns ein Sexualproblem hat, dann wohl du, mit deinen lesbischen Neigungen. Erinnerst du dich noch, wie du mich einmal verführen wolltest… »

Beinahe wären die gegenseitigen Vorwürfe und Provokationen in einen heftigen Streit ausgeartet, doch die Hupe eines vorüberfahrenden Autos schreckt die beiden auf. Boselli war mit seinem schicken Sportwagen vorbeigefahren und winkte den beiden zum Gruße zu. «Fehlt noch, dass er uns *hei Chicas*, oder dergleichen zuruft, diese Pfeife!», bemerkt Silvia, und die Stimmung der alten Freundinnen wird von einer Sekunde auf die andere wieder viel besser. Sie beteuern einander, dass ihre gegenseitigen Anschuldigungen und Gemeinheiten von vorhin einzig ihrer inneren Not zuzuschreiben gewesen sei. Zum Abschied umarmen sie sich lange und versprechen einander, sich fortan gegenseitig wieder zu vertrauen und zu helfen. Mit dem Ausspruch: «Es wäre ja gelacht, wenn wir uns von einem Sportwagenschnösel gegenseitig ausspielen ließen», beendet Silvia das Gespräch, und über Wendys Gesicht huscht ein befreites Lachen.

9

Der Kommissar ist wie erlöst, als er am nächsten Morgen einen Zettel mit folgendem Inhalt auf dem Frühstückstisch liegen sieht:

Hallo Schatz,
ich bin schon unterwegs zum Cap. Habe ein Picknick dabei und gehe auf dem Rückweg einkaufen. Werde erst gegen Abend aufs Kochen zurück sein. Mach dir einen gemütlichen Tag. Habe dir auch die Hängematte montiert. Weißt du noch ...? Bis heute Abend.
Ich liebe dich, Deine Rita

Natürlich hatte er die Hängematte in bester Erinnerung. Bei ihren ersten Ferien hier vor über zwanzig Jahren hatten sie darin den erfülltesten Sex ihres ganzen Lebens. Statt mit etwas Wehmut daran zurückzudenken, macht er sofort den Link zu Venus. Römische Göttin der Liebe und Erotik. Rasch holt er in der Küche einen Kaffee, stopft sich ein Croissant in den Mund und beginnt wieder zu recherchieren. Mit der Hundegeschichte und dem Schiffsnamen habe ich wenigstens zwei neue Spuren im Ermittlungslabyrinth gefunden, freut er sich. Und dank der heutigen Elektronik und erst recht mit Lauras Hilfe kann ich auch hier fernab von Bern und trotz meines Berufsverbotes ermitteln. Hoffentlich lassen mich mein klarer Kopf und die Intuition diesmal nicht im Stich. Es ist auch beruhigend zu wissen, dass von mir niemand Resultate erwartet, ich also die Möglichkeit habe, meine Ermittlungen jederzeit einzustellen. Betrachte ich es doch einfach als reizvolles Ferienrätsel.

Die Zweifel und das Durcheinander in seinen Gedankengängen vom Vortag sind wie weggeblasen. Nun bin ich wieder ganz der Alte, freut er sich. Und mit einer Nuance Stolz und Eitelkeit denkt er an Lauras Bewunderung und Lob zurück. «Mit deinem Notizblock kommst du mir vor wie ein Künstler, der aus ein paar wenigen Strichen ein wahres Wunderwerk vollbringt!» Als Erstes hört er sich das W.Nuss-Lied von Büne Huber auf You Tube an. Er lässt sich den Liedtext desselben gleich ausdrucken. Auf seinem alten Fahndungsschreibblock notiert er folgende Textteile:

Lebt hinter Türen ohne Schloss – leicht flüssig wie ein Gas – Für sie gibt es nichts, was es nicht gibt – und ich sehe, wie ich untergehe.

Ist dies eine verschlüsselte Botschaft?, fragt er sich. Sehnsucht nach Wendy? Sie ist nicht fassbar. Verzweiflung, eigener Untergang aufgrund der Bedrohung durch den Wolf – nicht erwiderte Liebe…Vielleicht suche ich jetzt etwas gar zu weit, überlegt er und legt den Schreibblock vorläufig zur Seite. Stattdessen sucht er im Netz nach der Telefonnummer der Gemeindeschreiberei Bümpliz.

«Gemeindebüro, Fritz Wälti», meldet sich eine altbekannte Stimme. «Heiri», gibt sich der Kommissar zu erkennen. Natürlich frischen die alten Sportskollegen vorerst ihre Erinnerungen auf. Man hat sich über Jahre nicht mehr gesehen. Doch bald wird der Kommissar ungeduldig und stellt seine Frage. Nach kurzem Unterbruch erhält er auch die erhoffte und doch verblüffende Antwort: «Wendy Nussbaum ist hier in Bümpliz aufgewachsen und zur Schule gegangen. Ihre Eltern wohnen immer noch am Amselweg. Sie ist 1972 geboren, und ihre Schriften waren bis 1995 hier hinterlegt. Mehr kann ich dir zu ihr nicht sagen. Warum schnüffelst du ihr hinterher?»

«Berufsgeheimnis! Du musst verstehen, dass ich mich daran halten muss. Du hast ja schon immer gesagt: Einmal Polizist, immer Polizist, und ich will dich doch nicht enttäuschen!», antwortet Heiri mit einem ironischen Unterton. Er bedankt und verabschiedet sich von seinem Kumpel und wendet sich mit einem inbrünstigen «Yes!» wieder seinen Ermittlungen zu. Nicht aber ohne sich vorher mit einem weiteren Espresso zu verwöhnen. «Man gönnt sich ja sonst nichts!», murmelt er beim Gang zurück zu seinem Laptop zu sich selber. Dieser Werbespruch aus dem TV, den seine Frau oft braucht, ist ihm ganz spontan eingefallen, und er freut sich über seine Lockerheit. Wendy Nussbaum von Bümpliz! Natürlich kann der Zusammenhang immer noch ein Konstrukt meiner wilden Fantasie sein. Ein Strohhalm, an den ich mich hänge, mehr nicht, ist er sich bewusst, bevor er in seinen Überlegungen einen Schritt weiter geht. Wem gehört dieses Schiff? Habe ich mir die Ähnlichkeit des Mannes, der sich an Deck gesonnt hat, mit dem Toten nur eingebildet, fragt er sich. Waren meine Sinne wirklich so getrübt? Aber nein! Der Mann sah der Leiche, die ich in Aarberg am Boden liegen gesehen habe, verdammt ähnlich. Doch wie bitte ist die Leiche überhaupt auf diese Jacht gekommen? Eine Filmsequenz mit einem Toten im Liegestuhl, der als ausgestellter schlafender Mann einen Mord kaschierte, geht ihm durch den Kopf. Scheiße, nun sehe ich wohl wirklich Gespenster, denkt Heiri. Es gibt doch immer wieder Menschen, die sich stark ähneln. Und im hellst blendenden Sonnenlicht auf diese Distanz… Der Mann hat sich bestimmt erst nach dem Anlegen in den Liegestuhl gefläzt, um sich nach seinem Segeltörn dort auszuruhen. Er ist und war weder tot noch invalid. Verwirrt taucht Heiri aus diesen Gedankengängen auf und konstatiert immerhin, dass es sinnvoll wäre, dieses Boot in Saint-Tropez nochmals gründlich unter die Lupe zu nehmen. Rasch kommt er zum Schluss, dass dies möglichst bald sein müsste. Ein Blick auf die Uhr sagt ihm, dass es heute knapp würde mit dem Zeithorizont. Ich müsste um fünf unbedingt zurück sein, um Rita nicht zu enttäuschen, weiß er.

Wenige Minuten später sitzt er schon in seinem Wagen und fährt nach Saint-Tropez. Zu seiner Freude trifft er bereits nach einer knappen Stunde am Hafen ein. Er benutzt einen Kurzparkingplatz und legt seinen Polizeiausweis hinter die Windschutzscheibe. Natürlich im Wissen, dass dieser hier keine Gültigkeit hat. Aber die Zeit drängt, denkt er und hastet zur gestrigen Anlegestelle. Fort, weg! Das ist nüchterne und zugleich bittere Realität. Auch ein Blick auf die umliegenden Boote erhärtet diese Tatsache. Was nun? Bald darauf steht er vor dem verschlossenen Büro der Hafenbehörde. Siesta bis 17 Uhr. Der Kommissar flucht verärgert etwas von Arbeitsmoral und «faulen Siechen» vor sich hin. Zur Seepolizei kann ich nicht gehen, die werden mir bestimmt keine Auskunft über den Schiffseigner geben und mich mit meiner Geschichte höchstens auslachen.

Nach kurzem Nachsinnen beginnt Heiri, Erkundigungen bei andern Schiffsbesitzern und Bistrobetreibern einzuholen. Die Arbeit ist jedoch, wie befürchtet, vorerst zermürbend und erfolglos, bis ihm endlich eine junge, bildhübsche Serviertochter Folgendes erzählt: «Ja, ich weiß, welches Boot Sie meinen. Ich bin Studentin und arbeite jeden Sommer hier, um mir mein Studium zu verdienen. Ich mache meinen Master in der Schweiz in Bern. Der Schiffseigner sitzt abends oft hier und trinkt ein, zwei Bier. Da habe ich ihn vor ziemlich genau drei Jahren einmal auf die SC-Bern-Flagge und den seltsamen Schiffsnamen angesprochen. Beim Herumalbern hat er mir dann verraten, dass er sie kenne, die W. Nuss von Bümpliz, und dass Bümpliz ein Vorort von Bern sei. Im Weiteren hat er noch erwähnt, dass ich dem Mädchen aus Bümpliz sehr ähnlich sähe! Seinen eigenen Namen hat er mir jedoch nicht verraten, nur dass er ein Heimweh-Berner sei. Er sprach fließend Französisch, im Slang der hiesigen Gegend. Der Mann kann übrigens sehr aufdringlich sein, wie ich am eigenen Leibe erfahren musste. Immer wieder hat er in jenem Sommer mit derselben Masche versucht, Mädchen auf sein Schiff zu locken um – Sie verstehen schon…»

Der Kommissar bedankt sich für diese aufschlussreichen Auskünfte und gibt Mireille seine Handynummer mit der Bitte, ihm kurz zu melden, wenn das gesuchte Boot wieder hier eintreffen sollte. Eiligen Schrittes geht er zu seinem Wagen zurück. Die Tachouhr zeigt vier. Hoffentlich kehrt Rita nicht zu früh in die Wohnung zurück, denkt er, um sich auf der Rückfahrt wieder ganz auf seinen Fall zu konzentrieren. Dass der Besitzer die Wendy aus Bümpliz kennt, scheint ihm schon ziemlich sicher, zumal es nur ganz wenige Frauennamen gibt, die mit W beginnen, und die Serviertochter vom Aussehen her doch große Ähnlichkeit mit der adretten Wendy hat. Sie muss Mireille vor zwanzig Jahren sehr geglichen haben, vermutet Heiri. Also ganz der Typ Frau, den Marc schon immer angezogen hat! Zu denken gibt dem Kommissar auch die nun erwiesene Berner Verbindung des Schiffsbesitzers. Zudem weist das offensichtlich übertriebene, vielleicht triebhafte Interesse an jungen hübschen Frauen auf erstaunliche Parallelen zu den Charakterzügen des Mordopfers von Aarberg hin. Es ist ihm klar, dass diese Erkenntnisse der Knackpunkt zur Lösung des Falles sein könnten. Seine weiteren Überlegungen führen aber immer wieder in die gleiche Sackgasse. Wendy ist die mutmaßliche Mörderin, der Schiffsbesitzer, ihr früherer Peiniger, ist der Tote. Der Fall wäre also gelöst, wenn nicht gestern der Tote lebendig auf seinem Kahn aufgetaucht wäre. Zum Verrücktwerden, das Ganze! Sollte ich nicht besser meine Beobachtungen nach Bern melden? Aber nein, die würden mich definitiv als übergeschnappt abstempeln!

Genug für heute, denkt er, als er vor Rita in die Wohnung zurückgekehrt ist. Hastig macht er den Frühstückstisch sauber und begibt sich anschließend zum Pflanzengießen in den Garten. Als Rita auch danach noch auf sich warten lässt, spinnt Heiri seine Gedanken weiter und setzt sich an den Laptop. Es ist doch irgendwie komisch, dass so viele in den Fall verwickelte Personen in etwa gleich alt sind, denkt er. Eine diesbezügliche Recherche in den alten Akten bestätigt seine Vorahnung auf eindrücklichste Weise. Sowohl Marc als auch Wendy, Silvia und mindestens drei weitere Patienten der Klinik am Stadtplatz haben denselben Jahrgang. Bingo, denkt Heiri, die kennen sich wohl schon länger, das kann doch kein Zufall sein. Eine Analyse ihrer Lebensläufe ergäbe vielleicht Aufschluss, denn die aufgeführten letzten Wohnorte sind doch überregional. Auch etwas verdächtig, denkt Heiri. Ist es nicht erstaunlich, dass jemand mit Wohnsitz St. Gallen sich in der bernischen Provinz behandeln lässt? Bei den Verhören mit diesen Personen fiel ihm jedoch kein außerkantonaler Dialekt auf.

Heiri hat ein besonderes Flair für Dialekte. Er ist sich sicher, dass vom noblen Berner Patrizierdialekt mit dem rollenden R bis zum breiten Seeländerdialekt zwar verschiedenstes Berndeutsch, aber kein fremder Dialekt zu hören gewesen war. Bei der weiteren Durchsicht der Akten fällt ihm auf, dass alle Verdächtigen, außer Wendy, zur Ausübung ihrer Berufe mindestens einen Gymnasiumabschluss haben müssten. Vermutlich haben sie ihre Matura in Bern gemacht. Er erinnert sich, dass schon zu seiner Zeit viele Jugendliche aus dem Seeland im Gymnasium Kirchenfeld oder Neufeld gelandet sind. Wer wagt, gewinnt, denkt er und greift zum Telefon. Wozu hat man alte Freunde? Über den Telefondienst lässt er sich mit dem Rektor des Gymnasiums Neufeld, einem alten Freund der Familie, verbinden. Er hat Glück, tatsächlich nimmt dieser den Anruf persönlich entgegen. Peter Lanz zeigt sich sehr überrascht über Heiris Anruf. «Na alter Kumpel, seit wann rufst du mich aus dem Urlaub an?»

Aus Angst, Rita könnte gerade erscheinen, lässt sich Heiri auf keine Diskussion ein und fällt gleich mit der Tür ins Haus. «Ich brauche deine Hilfe! Du hast sicher Zugang zu alten Rodeln deiner Schule? Der Jahrgang 1972 interessiert mich. Waren da zufällig eine Wendy Nussbaum, ein Marc Flückiger und eine Silvia Möri darunter?»

«Du kannst es wieder mal nicht lassen!», antwortet Peter in leicht vorwurfsvollem Ton. Du hast jedoch, wie immer, wenn wir gegeneinander Schach spielen, auch diesmal Glück, denn an diese Klasse kann ich mich auch ohne nachzusehen sehr gut erinnern. Zum einen, weil unser Sohn Jonas selber dazugehörte und zum anderen, weil diese Zusammensetzung von so unterschiedlichen Individuen einzigartig war. Mit ihnen konnte man wunderbar über Gott und die Welt philosophieren. Kein anderer Jahrgang vor oder nachher war dermaßen initiativ. So riefen sie in Eigenregie einen Schülerrat ins Leben und verfassten ein eigenes Schulblatt. Sie forderten uns Lehrer aber auch heraus. Ihnen nahm man es aber ab, denn ihre Schulleistungen waren überdurchschnittlich gut. Ich glaube, Silvia Möri war die beste Schülerin, die ich je unterrichten durfte. Als Präsidentin des Schülerrates argumentierte und agierte die *Rote Zora*, wie sie ihrer Haarfarbe wegen und aufgrund ihres eigensinnigen Charakters genannt wurde, sensationell gut. Die gute Seele der Klasse war jedoch Wendy Nussbaum, die das Bindeglied der so unterschiedlichen Charaktere war. Sie musste man dank ihrer fröhlich-offenen Art einfach ins Herz schließen. Zudem war sie sehr hübsch und verdrehte vielen Jungs den Kopf. Warte mal kurz, ich habe noch Klassenfoto und hole es schnell, dann kann ich dir die meisten Namen nennen, soweit ich sie noch in Erinnerung habe.»

Während Peter das Klassenfoto sucht, macht sich Heiri Notizen. Seltsam, wie sich alles wie in einem Puzzle zusammenfügt. Aber ob ihm diese Informationen helfen, den Fall zu lösen, bezweifelt er. Immerhin erfährt er mehr über Wendy Nussbaum und Silvia Möri, die beide zu den Hauptverdächtigen gehören, und wahrscheinlich hat er jetzt gegenüber Boselli einen Wissensvorsprung, geht es ihm durch den Kopf. Als offizieller Ermittler würde er sein Wissen sofort mit seinem Kollegen teilen, aber als beurlaubter Kommissar…? Scheiß-Situation, statt wie Kollegen, verhalten wir uns wie Konkurrenten.

«Entschuldige, wenn ich jetzt so ins Schwärmen gerate», meldet sich Peter Lanz wieder. «Es ist auch nicht wegen unserem eigenen Sohn, dass ich diese Klasse so bewundert habe. Du weißt ja, Jonas hat sich schon damals ganz auf seinen Sport konzentriert und hatte keine Zeit, im Schülerrat oder in anderer Funktion mitzumachen. Er gehörte nicht zum «harten» Kern der Klasse, wurde aber trotzdem von allen akzeptiert. Sie gaben sich treffende originelle Übernamen: Jonas nannten sie *Quicki*. Einer seiner auffalligsten Mitschüler war *Paganini* alias André Lehmann. Er hat schon mit sechzehn verschiedenste große Musikwettbewerbe gewonnen. Seine Eltern stellten den Antrag, dass er bei uns eine Art Fernmatura machen dürfe, damit er stundenlang Geige üben könne. Sie erhielten die Bewilligung. Er schaffte die Matura mit links, obwohl er fast nur zum Prüfungen-Schreiben bei uns auftauchte. Wenn immer er konnte, erschien er jedoch zu den Schülerratssitzungen, er war vielseitig interessiert und hat schon damals

Modelle entworfen, wie man Spitzensport oder eine professionelle Musikausbildung noch besser mit dem Besuch eines öffentlichen Gymnasiums koordinieren könnte. Verblüfft mit seinem Wissen hat mich aber auch Nick Thoma alias Werner Zürcher. Was der als Siebzehn- oder Achtzehnjähriger schon alles draufhatte. Er hat sich schon mit sechzehn das Pseudonym Thoma verpasst. ‹Ich bin in meiner Denkart einfach kein typischer Zürcher›, hat er behauptet. ‹Mündige Menschen brauchen keine Religion. Sie handeln nach ihrem ureigenen Gewissen, welches von Natur aus rein und gut ist. Sie lassen sich nicht kaufen und auch von niemandem taufen›, waren seine wohl wichtigsten Kernsätze. Seine Kameraden nannten ihn *Sokrates*.

Natürlich waren diese illustren Namensgebungen ihrem jugendlichen Übermut und pubertären Geltungsdrang zuzuschreiben. Mir helfen sie, wie ich gerade merke, mich detailgenau an die Probanden zu erinnern. Neben der Roten Zora alias Silvia Möri, Sokrates und Paganini gab es in ihren Reihen auch noch den *Picasso*. Er zeichnete, malte und sprayte jede freie Minute. Unser ganzes Schulhaus wurde mit seinen fantasievollen Werken bebildert. Zu meiner Schande muss ich gestehen, dass ich seinen bürgerlichen Namen vergessen habe. Ebenso geht es mir mit der *Päpstin*. Wie ihr Pseudonym verrät, hat sie sich stark mit Religionen befasst. Sie hat sich als gläubige Atheistin bezeichnet und war nebst Sokrates die Belesenste der Klasse. Neben zwei, drei guten Mathematikern gab es da noch Jürg Blaser, den hippiemäßigen *Revolutionär,* einen eigensinnigen Weltverbesserer. Er hat monatelang mit ähnlich gesinnten Aussteigern im nahen Bremgartenwald campiert. Den Rauchgeruch seiner Kleider habe ich noch heute in der Nase. Sein Credo lautete damals: Es gibt für unsere Generation genau drei Lebenswege.

• Erstens: Wir klicken uns aus und leben unter der Brücke.
• Zweitens: Wir nehmen Psychopharmaka, passen uns an und werden Sklaven unseres weltzerstörerischen Konsum- und Wirtschaftssystems oder
• Drittens: Wir schaffen uns rücksichtslos bis ganz nach oben und lassen es uns dann gutgehen.

Erstaunlicherweise hat sich Blaser dann für den dritten Weg entschieden und sich als Rohstoffhändler innert kürzester Zeit eine goldene Nase verdient, wie mir mein Sohn kürzlich berichtet hat. Sorry, dass ich so ausführlich werde, aber diese jungen Menschen hatten echt was drauf. Erst rückblickend wird mir bewusst, in wie vielen Punkten sie in ihren Zukunftsszenarien Recht behalten sollten. Wernli, eines der Mathematikgenies, hatte zum Beispiel einen Bankencrash und die Immobilienkrise in den Staaten vorausgeahnt. Wenn ich denke, dass die Jahrgänge vor und nach ihnen zu den angepasstesten, langweiligsten und bequemsten zählten, waren die 72er schon ein Phänomen. Einige ihrer damaligen Statements habe ich kürzlich wieder ausgegraben und an meine Pinnwand gesteckt. Ein kleines Müsterchen gefällig? Sie teilten die Menschen aufgrund ihrer Trinkgewohnheiten in verschiedene Charaktergruppen ein:

• Die Teetrinker waren die *Oms*. Mittelschwer entrückte, nachdenkliche Träumer, Zögerer und Zauderer, Meditations- und Yogafreaks.

• Die Kaffeetrinker teilten sie ein in die *Espressos* (nervöse Machertypen, luftig-fahrig mit stetem Overdrive); die *Crèmos*, welche stets das goldene Mittelmaß anstreben und dabei doch keinen Erfolg haben, deshalb den Kaffee mal mit Doppelrahm, mal schwarz, mal mit Zucker trinken, und schließlich die konservativen *Milchkaffees* (Patrioten, sehr gelassen aber stur, bodenständig). Letztere stehen immer mit beiden Füßen auf dem Boden und kommen dadurch nie richtig vorwärts. Sie sind der *Ovomaltine-macht-stark-Generation* immer noch nicht entwachsen.

Ist doch witzig, nicht wahr? Doch nun muss ich wohl abklemmen, wir sind bei Bürgis zum Nachtessen eingeladen. Habe ich dir mit meinen Ausführungen helfen können? Ah, stopp! Nach Marc Flückiger hast du noch gefragt, nicht wahr? Habe gehört, dass er ermordet worden sei. Ihm bleibt aber wirklich nichts erspart! Ja, er war ebenfalls in dieser Klasse. Er hatte es nicht leicht. Er war ein mittelmäßiger, aber fleißiger Schüler. Er erhielt den Spitznamen *Kapitalist*. Wohl seines Elternhauses und seiner

Angepasstheit wegen. Ein großer Schatten liegt aber über seiner damaligen Schulzeit. Sein Zwillingsbruder Lars ertrank im Sommer 1985 im Mittelmeer. Vielleicht magst du dich gar an die Schlagzeilen der Zeitungen von damals erinnern:

Côte d'Azur: Schrecklicher Badeunfall!
Lysser Junge vom Meer verschlungen!

Er muss irgendwie von einer mysteriösen Strömung erfasst worden sein. Die Meerespolizei hat nach mehreren Tagen die erfolglose Suche eingestellt. Schrecklich, nicht wahr! Marc war traumatisiert. Wendy hat sich dann rührend um Marc gekümmert. Die zwei haben sich später auch ineinander verliebt. Marc ist an ihrer Seite richtiggehend aufgeblüht und allmählich offener geworden. So seltsam es klingen mag, er wirkte nach dem Tod seines Bruders wie neu geboren. Dieser war nämlich charakterlich völlig anders gewesen als Marc. Er war ein extravaganter Aufschneider, ein schlauer Fuchs, aber auch ein ausgekochtes Schlitzohr. Die Eltern waren gar nicht gut auf Lars zu sprechen. Im Schulskilager im Winter vor seinem Tod kam es zu einem seltsamen Vorfall: Mitten in der Nacht hörten wir einen entsetzlichen Schrei im Mädchenzimmer. Silvia Möri kam völlig außer sich aus dem Schlafraum gerannt und berichtete, plötzlich sei einer der Zwillinge in ihren Schlafsack geschlüpft und habe sie belästigt. Silvia zitterte am ganzen Leib und ließ sich kaum beruhigen. ‹*Er hat sich als Wolf ausgegeben und so seltsam geschmatzt!*›, berichtete sie immer noch zitternd und völlig aufgebracht. Am darauffolgenden Morgen stellten wir die Zwillinge zur Rede. Marc begann zu weinen und hat sich als schuldig bekannt. Dies hatte eine Benachrichtigung der Eltern zur Folge. Die Mutter reagierte am Telefon höchst seltsam. ‹Ihr habt bestimmt den Falschen erwischt!›, brüllte sie böse und verzweifelt ins Telefon. ‹Sicher war es Lars, dieser Nichtsnutz! Man hätte ihn schon lange in ein Heim stecken sollen. Er soll sofort nach Hause kommen! Wir werden ihm die Flausen schon austreiben.›

Wegen der unmöglichen Beweislage beschlossen wir dann, beide nach Hause zu schicken, was in Lars einen Tobsuchtsanfall auslöste. Diese Geschichte wurde nie richtig aufgeklärt. Ich bin mir bis heute nicht im Klaren, welcher der beiden Silvia derart erschreckt hat. Gerade in der Pubertät werden die Kids manchmal unberechenbar. So gesehen, könnte ich mir vorstellen, dass Marc den anderen beweisen wollte, dass er auch einen drauf hat. Entschuldige, aber jetzt muss ich auflegen, meine Anita lyncht mich sonst. Ich hoffe, dir etwas geholfen zu haben. Grüß mir Rita und versuch doch, endlich abzuschalten. Salut mon vieux!»

Genau in dieser Minute hört er die Türklinke, und Rita kehrt von ihrem Tagesausflug zurück. Zeitlich optimal aufgegangen, denkt Heiri und schließt seine Frau herzhaft in die Arme. «Ich übernehme das Kochen, und du kannst dich in Ruhe frisch machen und von deinem Trip erholen», schlägt er fürsorglich vor.

Während der Zubereitung des Abendessens hat er genügend Zeit, über das vorangegangene Telefonat mit Pesche Lanz, wie er seinen Kumpel schon seit ihrer Jugendzeit nennt, nachzudenken. Rasch ergänzt er ein paar Notizen, die er während des Gesprächs hastig gemacht hat. Es freut ihn ungemein, mit diesem Anruf einen wahrhaften Volltreffer gelandet zu haben. Ich komme voran mit meinem Fall, denkt er zufrieden, und als er sich kurz darauf im Weinkeller umsieht und einen wohl bereits ungenießbaren 72er Bordeaux entdeckt, wird ihm die Doppeldeutung «ein guter oder schlechter Jahrgang» bewusst. Er schmunzelt beim Gedanken an Pesche. Kein Wunder, dass sich dieser stark mit dem Gedankengut seiner Lieblingsklasse anfreunden konnte, gehörte er doch in seiner Jugendzeit selber zu einem Mitläufer der 68er-Generation. Wahrscheinlich hat er ein schlechtes Gewissen, weil er sich, wie viele aus unserer Generation, vom Revoluzzer zum braven, wohlstandsverwöhnten Bürger in leitender Funktion gewandelt hat.

Wie wenig von den guten Vorsätzen und den guten Ideen für eine bessere Gesellschaft sich doch umsetzen ließ. Fast alle haben wir unsere Ideale der Bequemlichkeit geopfert und sind zu Egoisten geworden, denkt Heiri, und diese Erkenntnis, zu der er auch schon früher gekommen ist, hinterlässt in ihm einen fahlen Nachgeschmack. Stellt sich nur die Frage, wie es innerhalb dieser Clique von 72ern zu diesem Mordfall kam. War es gar ein Mordkomplott, oder hatte das Zusammentreffen dieser «alten Kameraden» einen völlig anderen Zweck? Warum sind so viele dieser Klasse in der Psychiatrischen gelandet? Mit Erstaunen hat nämlich Heiri schon während des Telefongesprächs festgestellt, dass mehrere Namen der Gymnasiumsklasse mit der Aarberger Patientenliste übereinstimmen. Viele Ungereimtheiten, die es zu entschlüsseln gilt. Und doch bietet dieser Zusammenhang neue, erfolgversprechende Perspektiven.

Ich werde wohl in den nächsten Tagen viel Zeit benötigen, um das Ganze zu analysieren, denkt er, als er aus dem Augenwinkel Ritas Kopfschütteln bemerkt. Hat das mir gegolten? Kann sie nun schon Gedanken lesen? «Was schüttelst du den Kopf?», fragt er verunsichert.

«Du glaubst nicht, was ich da eben gelesen habe! Immer mehr trauernde Menschen besuchen im Internet einen virtuellen Friedhof. Setzen einen Grabstein, gestalten das Grab ganz nach ihrem Gusto, zum Beispiel mit einem leuchtenden Stern, und gestalten eine Trauerfeier für den oder die Verstorbene mit Bildern, Musik und so weiter. Die Begründung, warum sie diese neue Form von ‹elektronischer Trauerarbeit› wählen, finde ich haarsträubend.» Sie zitiert: «‹Als Trauernde fallen wir so in der Verlustverarbeitung weder den Mitmenschen noch den Arbeitskollegen zur Last. Die Trauer ist etwas Persönliches und Intimes. In unserem modernen Alltag hat man zudem weder Zeit noch Lust, um Anteil an der Trauer eines anderen zu nehmen…› Unheimlich, nicht wahr?»

«Ja, schlimm! Ich glaube, mehr gibt es dazu leider nicht zu sagen», stimmt Heiri zu. «Das Essen ist übrigens servierbereit. Es wird uns sicher auf glücklichere Gedanken bringen.»

Nach einem ausgiebigen Nachtessen, bei welchem Rita von ihrem Ausflug berichtet und dabei völlig ins Schwärmen kommt, serviert Heiri einen herrlichen Nachtisch. Er weiß, dass er mit einer *Ile flottant*, dieser südfranzösischen Spezialität, sicher punkten kann. Im Hinterkopf hat er selbstverständlich immer noch die Anspielung seiner Frau auf die «intim-legendäre» Hängematte, die sich im sanften Sommerabendwind bewegt.

Rita ist in super Stimmung und offenbar zu später Stunde eine

Überraschung. «Mein lieber Schatz, ich habe heute den ganzen Tag an dich gedacht. Bei der Rückkehr von meiner Wanderung kam ich bei der Segelschule vorbei. Da du in zwei Wochen deinen Geburtstag feiern kannst, habe ich ein verfrühtes Geburtstagsgeschenk für dich besorgt. Du wirst ab morgen einen einwöchigen Segelkurs besuchen können. Seit Jahren hast du immer wieder betont, wie sehr dich der Segelsport fasziniert und wie du die Segler auf dem Bielersee beneidest. Die Nähe zur Natur, die Kraft des Windes ausnutzen zu können, hat dich immer beeindruckt, diese Symbiose von Mensch und Natur. Der Gutschein, den ich heute eingelöst habe, ermöglicht dir, das Jollensegeln zu erlernen. Die Tage werden folgendermaßen strukturiert: Von neun bis elf Uhr Praxisausbildung. Am frühen Nachmittag, während der Mittagsflaute, Theorie in dem mit Aircondition ausgestatteten *Ecole de voile*-Klubhaus und am frühen Abend nochmals zwei Stunden auf dem Wasser. Ich denke und hoffe, dass dieser Kurs auf dich vom Typ ‹Aktiv-Erholer› zugeschnitten ist und dich definitiv auf andere Gedanken bringt. Du wirst früh genug wieder kriminalisieren dürfen, glaube mir.» Mit diesen Worten überreicht ihm Rita feierlich die Kursunterlagen und den Teilnehmerschein.

Heiri bedankt sich artig: «Das kommt alles schon etwas überraschend, hab vielen Dank!» Innerlich verflucht er hingegen das Geschenk. Erstens, weil er in den nächsten Tagen die Lösung seines Falles vorantreiben will, und zweitens, weil ihm die Bemutterung durch Rita definitiv zu weit geht. Immer glaubt sie zu wissen, was für mich gut ist, ärgert er sich. Und ihr nächster Satz bringt ihn fast zur Weißglut: «Und nun geh schön schlafen, damit du für deinen ersten Kurstag morgen auch fit bist, ich übernehme den Abwasch.»

Von wegen romantischer Abend und Hängemattenfantasien, denkt er resigniert und verbittert und zieht sich mit einem knappen «Danke, gute Nacht!» zurück.

Im Bett geht ihm so einiges durch den Kopf: Eigentlich hat sie ja recht. Es steht mir gar nicht zu, im Fall Venus weiterzuermitteln. Es ist auch illusorisch, dass sich hier aus der Ferne ein so komplexer Fall lösen lässt, und falls Laura und ich tatsächlich zu einem

Ergebnis kämen, wäre dieses nicht rechtskräftig. Im Gegenteil! Unser illegales Handeln und Tun würde bestimmt sanktioniert. Wahrscheinlich würden wir mit einem Berufsverbot bestraft. Ich werde Laura schon nur zu deren eigenem Schutz eine Absage erteilen müssen. Die Vernunft zwingt mich dazu. Diesen halbherzigen Entschluss nimmt er mit in einen unruhigen Schlaf.

10

Selbstverständlich hindert auch ein Sonntag einen Renato Boselli nicht daran, an seinem Fall zu arbeiten. In der Nacht auf Sonntag hat er aus Verzweiflung einen neuen Autopsiebericht angefordert, den ihm ein völlig übernächtigter Forensiker kurz vor Sonntagmittag zu Hause überbringt. Anstelle eines Dankes macht ihn Boselli in vorwurfsvollem Ton darauf aufmerksam, dass er seit dem frühen Morgen auf den Bericht gewartet habe. Ein Abschiedswort murmelnd, beginnt er noch stehend im mehrseitigen Bericht zu lesen. Wenigstens haben sie sich diesmal Mühe gegeben. Lohnt sich doch, ihnen ein bisschen Dampf zu machen, denkt er und liest sich den Bericht halblaut vor:

Zwei Faktoren haben zum Tod geführt. Der Fall rückwärts, genauer, der Aufprall mit dem Hinterkopf auf die Bettkante hat das Opfer mit Sicherheit außer Gefecht gesetzt. Der Schlag auf den Hinterkopf war lebensbedrohlich und hätte höchstwahrscheinlich innert kurzer Zeit aufgrund der inneren Blutung zum Tode geführt. Das Opfer wurde jedoch wehrlos am Boden liegend kurz nach dem Fall mit einem drahtartigen Instrument erdrosselt, was zum Tod durch Ersticken geführt hat.

Soweit klar, denkt Boselli. Wir haben es hier eindeutig mit Mord zu tun, denn da war Hass im Spiel! In der Hoffnung, noch mehr Aufschluss zum Mordhergang zu finden, liest er den Bericht gleich mehrmals durch. Schon will er ihn enttäuscht beiseitelegen, als er in einem Nachsatz etwas Eigenartiges entdeckt:

In der Würgwunde am Hals des Toten sind Spuren eines getrockneten Harzes zu finden.

Rasch merkt er, dass dieses Detail von Wichtigkeit sein könnte. Der Mord geschah weder auf dem Waldboden noch im Garten, sondern in einem fast sterilen Klinikzimmer. Unmittelbar nach dem Sturz des Opfers, das sich zuvor mehrere Tage nicht im Freien aufgehalten hatte. Kam der Würgdraht aus dem Wald oder aus dem Garten? Sind so diese Harzpartikel in die Klinik und schließlich in die Wunde geraten? Bald lässt er diese Vermutung wieder fallen. Wenn dieser Draht bereits zu einem anderen Zweck gebraucht worden wäre, würde man bestimmt auch andere Spurenelemente in der Wunde gefunden haben. Auch der nächste Satz scheint nicht auf ein gewöhnliches Stück Draht hinzuweisen.

Der Draht war sehr dünn, hatte einen Durchmesser von einem Millimeter. Deshalb verursachte er diese tiefen Schnittwunden. Die Oberfläche des Drahtes war ganz fein gerillt, was auf eine Umwicklung hindeuten könnte.

Verzweifelt versucht Boselli, sich einen Reim auf diese Angaben zu machen. Es ist zum Durchdrehen, denkt er. Dieser harzige Spezialdraht könnte mich sicher zur Mörderin oder zum Mörder führen. Missmutig greift er zum Telefon und wählt Lauras Nummer. Ohne sie zu Wort kommen zu lassen, beginnt er ihr den Autopsiebericht über Marc vorzulesen.

Laura, die den Anruf im Marzili-Bad entgegennimmt, verspürt eigentlich überhaupt keine Lust, auch noch am Sonntag von Boselli zur Arbeit genötigt zu werden. Fehlte noch, dass er sie in sein Büro bestellte. Halbherzig hört sie seinem Monolog zu. Trotzdem hat sie sofort eine Erklärung dafür, woher dieses getrocknete Harz stammen könnte. «Kolophonium», sagt sie mehr zu sich selbst und staunt, dass Boselli das gehört hat. «Wie bitte?», fragt er. «Was ist das?»

Laura zögert einen Moment und beschließt dann, in erster Linie um das Gespräch möglichst rasch zu einem Ende zu bringen, ihren Blitzgedanken zu erklären: «Ich spiele selber Cello. Als Streicher brauchen wir ein Harz, mit dem wir die Bogenhaare bestreichen, damit diese beim Spielen besser auf der Saite haften. Wenn ich also soeben richtig kombiniert habe, müsste es sich bei der Würgwaffe um eine Geigen- oder Cellosaite handeln. Können wir morgen weitermachen?», fragt Laura unvermittelt. Mein Akku ist leer, sorry!», lügt sie und würgt ihr Handy ab. Boselli zeigt sich überrascht und erfreut. Na, ist das nicht eine heiße Spur! Morgen werde ich mir diesen *Paganini* vorknöpfen, sinniert er zufrieden. Bald ist endgültig ausgefiedelt, mein Lieber, denkt er mit einem Gefühl des Triumphes. Gut möglich, dass ihn die verdächtige Chefärztin zur Tat angestiftet hat. Am liebsten wäre Boselli gleich nach Aarberg gefahren und hätte sich die beiden vorgeknöpft. Am Nachmittag hat er jedoch eine Vierpässefahrt mit seiner neuen Eroberung aus Holland vor. Die wird doch schon von der imposanten Bergkulisse weiche Knie bekommen, denkt er freudig erregt.

Heiri schläft äußerst unruhig. Er wird von stressigen Halbschlafträumen geplagt. Der Kahn lässt sich einfach nicht steuern. Seltsamerweise liegt er nicht im Wasser, sondern fährt in horrendem Tempo einen Eiskanal hinunter. Ausweglos ins Verderben! Auch die Bremsen funktionieren nicht und… Er erwacht und realisiert erst nach einer halben Minute, dass Rita auf der Bettkante sitzt und ihm sachte übers Haar fährt.

«Will der Kapitän heute in der Koje frühstücken?», fragt sie ihren verstörten Mann. «In einer Stunde beginnt dein Kurs.»

«Lass mich doch noch kurz erwachen!», bittet er. «Ich komme sofort.»

«Gut, dann essen wir hinten im Garten.» Rita entfernt sich gutgelaunt.

«Aua, au!», hört sie ihn nach kurzer Zeit aus dem Schlafzimmer jammern. Dem Aufschrei folgt ein schmerzverzerrtes, verzweifeltes Stöhnen. Erschrocken kehrt Rita zurück und findet Heiri vor dem Bett kauernd vor.

«Verdammt, mein Rücken!»

«Vorsicht, nicht forcieren, versuch dich aufs Bett zu legen!», sagt Rita mit besorgter Stimme. «Ich werde versuchen, das mit unserer Umarmübung einzurenken. Du hast wohl einen Hexenschuss eingefangen.»

Unter großer Anstrengung gelingt es ihm, nach zwei, drei gescheiterten Versuchen aufs Bett zu gelangen. Fürsorglich legt Rita sich neben ihn und fordert ihn auf, sich auf sie zu legen. Mit einer kräftigen Umklammerung versucht sie nun, seinen Rücken einzurenken. Tatsächlich hören sie beide bald das erhoffte Knacken.

«So, und nun bleib noch einen Moment liegen und entspann dich, ich hole derweil ein Cold-Pack und eine Schmerztablette.

In einer Viertelstunde sehen wir weiter!», bemerkt sie im Stile einer routinierten Mutter und Hausfrau. Alles Mögliche geht Heiri derweil durch den Kopf. Ist dies ein Wink mit dem Zaunpfahl?! Und kurze Zeit später gibt er, mit etwas gespielt betretener Stimme bekannt, dass er in diesem Zustand ganz sicher nicht zum Segelkurs antreten könne. «Könntest du nicht für mich einspringen?», fragt er Rita mit flehender Stimme. «Du bist doch als Mädchen mit deinem Patenonkel oft auf dem Thunersee gesegelt. Am Abend könntest du mich dann über den verpassten Kurstag ins Bild setzen. Ich werde mir in der Zeit zu Hause die Kursunterlagen ansehen und mich in die Theorieunterlagen einlesen. Ab morgen oder übermorgen werde ich bestimmt wieder einsatzfähig sein. Es hat doch wirklich keinen Sinn, dass wir den Gutschein ungenutzt lassen und du deine wertvolle Urlaubszeit hier drinnen mit einem ‹Scheininvaliden› verbringst.»

Kaum ist ihm dieses Wort vom Scheininvaliden über die Lippen gerutscht, bereut er es, und ein schlechtes Gewissen beschleicht ihn. Wäre es mir wirklich nicht möglich, zu gehen? fragt er sich und ist überrascht und erleichtert, dass sich Rita nicht auf eine große Diskussion einlässt, sondern mit einem recht lockeren «Aye, Aye, Sir!» antwortet. Den Nachsatz: «Aber ab morgen wird nicht mehr gekniffen», versucht er willentlich zu überhören. Bald darauf kehrt Rita nach Sonnencreme duftend zu seinem Bett zurück. «Gute Besserung, mein Lieber! Der Kühlschrank ist voll!» Damit verabschiedet sie sich.

Kurze Zeit später schleppt sich Heiri ins Bad, fast ein wenig dankbar darüber, dass der schmerzende Rücken tatsächlich keinen Segelkurs zugelassen hätte. Selbstverständlich hindert ihn jedoch nichts daran, gleich nach einem kurzen Frühstück in der Küche mit seinen Ermittlungen weiterzufahren. Genauestens erinnert er sich noch an die Ausführungen von Rektor Lanz. An der hauseigenen Stehbar, ein Hinsetzen auf einen Stuhl kommt mit diesem lädierten Rücken nicht infrage, gleicht er die Namensliste des gestrigen Telefonats mit dem Patientendossier der Klinik ab. Sofort stellt er fest, dass ganze fünf Mitglieder der Gymnasialklasse nun in Aarberg quasi unter einem Dach leben. Das kann doch kein Zufall sein! Alle und doch irgendwie keiner kommt jedoch für die Mordtat infrage. War es eventuell eine Art Mordkomplott? Hatten sie mit Marc noch irgendeine alte Rechnung offen? Doch warum wollten sie ausgerechnet den *Kapitalisten* loswerden? Ideologischer oder gar beruflicher Neid konnte wohl nach den Ausführungen von Peter Lanz nicht mitspielen. Im gestrigen Gespräch hatte er zur Genüge gehört, wie loyal sich die einzelnen so unterschiedlichen Spezies in ihrer Jugend gegeben hatten.

Ist ein führendes Mitglied, das mit allen Mitteln versucht, seine marode Druckerei über die Runden zu bringen, ein Kapitalist der üblen Sorte? Sicher nicht! Der Grund zum Mord war viel eher in dieser seltsamen Wolfsgeschichte zu finden. Auch, dass es eine späte Rache für das Skilagererlebnis war, konnte man sicher ausschließen. Es ist doch vermessen, zu glauben, dass diese taffe Silvia Möri sich in ein Zimmer ihrer Klinik schleicht, um einen ihrer Patienten durch Erwürgen umzubringen! Sie hätte sicher eine viel einfachere und unauffälligere Methode gefunden. Zum Beispiel, indem sie Marc eine Überdosis Psychopharmaka verabreicht hätte. Nein! Ich glaube, ich habe es hier definitiv nicht mit einer Agatha-Christie-Verschwörung zu tun. Die Tat muss im Affekt begangen worden sein. Vielleicht war es doch dieser Hemund. Dem kräftig gebauten Hauswart mit leicht unterbelichtetem Geist wäre tatsächlich am ehesten eine solch rustikale Vorgehensweise zuzutrauen. Er hätte aufgrund der alten Vergewaltigungsgeschichte an seiner Frau Wendy das glaubhafteste Tatmotiv. Mit einer großen Portion Bauernschläue hatte er ihm das gottesfürchtige Unschuldslamm vorgespielt. Auch die Wolfspostkarte könnte er geschrieben haben. Er war ja von Wendy sicher informiert, dass Marc aufgrund einer Angstparanoia in die Klinik eingewiesen worden war und dass er schon während der Vergewaltigung damals seltsame Wolfsfantasien geäußert haben soll. Obacht!, meldet sich bei ihm wohl gerade noch im richtigen Moment eine innere Stimme. Du verfolgst sonst wiederum diese eine Spur. Lass dich nicht von Emotionen und Aggressionen gegen diesen

Hemund leiten. Sei sachlich, beginne von vorn, mach eine Auslegeordnung. Nach einer kurzen Phase des Durchatmens liest er nochmals die E-Mail von Laura. Insbesondere dem Eintrittsbericht von Marc widmet er nun seine ganze Aufmerksamkeit. Warum habe ich eigentlich die Noch-Ehefrau von Marc nie zum Kreise der möglichen Täterinnen und Täter gezählt, fragt er sich. Marianne Flückiger-Seiler hätte sehr wohl ein Motiv gehabt, wollte sich vielleicht an ihm für die beschwerlichen und beengenden Familienjahre rächen. Eventuell hat sie die Schmach, ihrer Schwiegermutter nie genügen zu können, in Hass gegenüber ihrem hörigen Sohn umgewandelt. Sicher konnte sie nicht verstehen, wie sich ihr Mann jahrzehntelang von seiner Mutter knechten ließ. In ihren Augen war Marc wohl tatsächlich ein Waschlappen und ein Feigling, in dessen Leben sie nach der omnipräsenten Mama immer nur an zweiter Stelle kam. Mit Bestimmtheit hat Marianne ihre Rechte über die Jahre oftmals vergebens eingefordert. Sie wusste auch genauestens über Marcs Wolfsphobie Bescheid und hat darin ein probates Mittel gefunden, ihm Schrecken einzujagen. Im Weiteren spielten vielleicht ihre Trennungspläne eine Rolle, die nun angesichts Marcs Zustand als Pflegebedürftiger gefährdet waren. Die Vorstellung, nach ihrem jahrelangen Einsatz als Pflegerin ihrer Schwiegermutter nun weitere Jahre ihres Lebens einem hilfsbedürftigen Mann opfern zu müssen, hat sie eventuell zur Mörderin gemacht. In naher Zukunft wäre Marc nämlich bestimmt wieder aus der Klinik entlassen worden und nach Hause zurückgekehrt. Fazit der Überlegungen: Der Kreis der Verdächtigen erweitert sich!

Zu den nach wie vor Hauptverdächtigen Robert und Wendy Hemund-Nussbaum kämen nun noch Marianne Flückiger, Marcs Noch-Ehefrau, und Silvia Möri, die charakterlich sicher stärkste Figur in diesem Schachspiel. Oder war es vielleicht doch Paganini, der geniale, aber psychisch äußerst labile Künstlertyp? Heiri überlegt, wie er am besten vorgeht: Soll ich doch die Zusammenarbeit mit Laura suchen? Ihr sogar Ermittlungsaufträge erteilen? Kaum angedacht, verwirft er diese Option erneut. Es wird ihm bewusst, dass seine einzige Chance, den Fall hobbymäßig und legal zu lösen, an einem sehr dünnen Faden hängt. Nur wenn das verdächtige Boot in Saint-Tropez und die Rollstuhlfahrerin wirklich etwas mit dem Fall zu tun haben, kann ich es schaffen. Immerhin weiß ich jetzt, dass es durch den tödlichen Badeunfall von Marcs Bruder hier im Nachbarort einen Zusammenhang mit Flückigers Familie und der Côte d'Azur gibt. Diese Erkenntnis wird noch vertieft durch die E-Mail-Nachricht, die ihm Lanz zukommen ließ. Es heißt nämlich im gesandten Zeitungsausschnitt von damals:

Die in Le Lavandou sesshafte Tante des Vermissten bot alle ihr bekannten Bootsbesitzer auf, nach dem Jungen zu suchen. Auch dieser Einsatz blieb jedoch erfolglos.

Das beigefügte Bild zeigt die Motorboot-Armada von freiwilligen Helferinnen und Helfern. Eventuell lebt also die besagte Tante oder jemand aus ihrer Familie nach wie vor hier. Heiri will hastig zum regionalen Telefonbuch greifen, da schreit er auf, denn in seinem Eifer hat er seinen kaputten Rücken ganz vergessen. Auf dem Bett liegend beginnt er, die umliegenden Ortschaften nach den Namen Flückiger und Känel, dem Mädchennamen der verstorbenen Zwillingsmutter, zu durchsuchen. Natürlich ist ihm bewusst, dass die gesuchte Tante von Marc längst tot sein könnte oder anders heißt. Nach zehn Minuten vergeblichen Suchens verspürt er einen aufkommenden Hunger und schleppt sich in die Küche. Zum Glück ist er nicht schreckhaft, denn gerade als er am Festnetzanschluss vorübergeht, klingelt das Telefon, dessen Signal viel zu laut eingestellt ist. Laura meldet sich aus ihrer Mittagspause.

«Störe ich?», fragt sie. «Hast du mein gestriges Mail erhalten?»

«Ja, ich…»

Doch bevor Heiri eine Erklärung abgeben kann, prasselt Lauras Redeschwall auf ihn ein: «Ich muss dich rasch informieren, Heiri. Es tut sich einiges in unserem Fall.» Nicht ohne Stolz erzählt sie ihm die Geschichte bezüglich des Harzes in der Halswunde des

Toten. «Heute hat sich meine Vermutung bestätigt. Die Mordwaffe ist mit größter Wahrscheinlichkeit die tiefste Saite, die G-Saite von Paganinis Geige. Was sich heute Morgen hier im Kulturraum abgespielt hat, ist filmreif und muss ich dir rasch schildern: Boselli hat den Fokus aufgrund meines Verdachtes, wie zu erwarten war, ganz auf die Suche nach der Mordwaffe respektive der Saite gelegt. Selbstverständlich hatte er den Link zu Paganinis Geige gemacht und wollte ihm auf die Pelle rücken. Dieser ist ihm aber in skurriler Weise zuvorgekommen und hat angeblich heute in der Früh zum ersten Mal nach Marcs Tod die Geige aus seinem Kasten geholt, um uns mit einem Ständchen der besonderen Art zu empfangen. Schon von draußen hörten wir ihn Geige spielen. Er kam uns spielend und durch die Eingangshalle schreitend entgegen. Beim Näherkommen intonierte er auf einmal die Titelmelodie zum Western *Spiel mir das Lied vom Tod*. Jeder einigermaßen kultivierte Mensch erkennt diese Melodie schon am Anfangsmotiv, diesem Spannung erzeugenden anhaltenden Halbtonwechsel. Bei Boselli bin ich mir hingegen nicht sicher, hm… Manchmal kommt er mir ein wenig vor wie ein Elefant im Porzellanladen.

Diese Inszenierung war natürlich eine Kampfansage an die Polizei. Aber der Höhepunkt von Paganinis Auftritt kam erst, als er die Melodie weiterspielte und anstelle der folgenden tiefen Töne mit dem Bogen theatralisch auf seine nicht mehr vorhandene G-Saite wechseln wollte. Die Show, die er abzog, war perfekt. Zuerst machte er Andeutungen eines Zusammenbruchs, dann legte er seine Geige auf die Theke und ging im Stile eines Fechters auf den perplexen Boselli los. Als fiktive Waffe hielt er seinen Bogen in der rechten Hand. ‹Ich bin der Mörder, hu!›, schrie er. ‹Nehmt mich gefangen, Herr Kommissar, oder schließt mich für immer in meine Zelle oben ein! Schaut hier habe ich die Mordwaffe!›

In dem Moment legte er seinen Bogen weg und zauberte aus seiner linken Hosentasche die fehlende G-Saite hervor. Du kannst dir vorstellen, wie überrascht wir waren. Im Stillen musste ich natürlich lachen über diese gelungene Inszenierung.

Getoppt wurde die Szene nun noch mit dem Auftritt der Oberärztin, die ihre Ärmel zurückkrempelte und Boselli ihre nackten Unterarme entgegenstreckte. ‹Nehmen sie mich auch fest, Herr Kommissar, denn ich habe meinen Wundergeiger zum Mord angestiftet. Ich habe ihn in unseren Therapiestunden hörig gemacht und förmlich auf Marc abgerichtet. Er mimt den harmlosen, irren Musiker. Eine gute Tarnung, nicht wahr? Ich bin die *Drahtzieherin* in diesem Haus.›

Ein schönes Wortspiel in Bezug auf die Mordwaffe, nicht wahr?! Das Gesicht Bosellis hättest du nach diesem Spektakel sehen sollen! Er tat mir schon fast leid. Ich selber beginne je länger desto mehr zu genießen, es in diesem Fall mit so kultivierten, intelligenten und raffinierten Menschen zu tun zu haben. An einem solch interessanten Fall habe ich in meiner doch auch schon fünfzehnjährigen Ermittlerkarriere noch nie gearbeitet.

Boselli fing sich erstaunlich schnell und ging nicht auf das Angebot der Chefärztin ein, das Ganze doch in aller Ruhe bei Kaffee und Kuchen zu besprechen. Ganz sachlich bestellte er sie für heute Nachmittag vierzehn Uhr aufs Präsidium: ‹Dann können Sie ein offizielles Geständnis ablegen, Frau Doktor Möri›, meinte er im Ton eines formellen Beamten. ‹Jetzt bitte ich um ein Gespräch unter vier Augen mit Ihrem Hörigen›, fügte er mit einem vielsagenden Grinsen an.

Paganini bat noch darum, zuvor seine Geige in Sicherheit bringen zu dürfen, was ihm Boselli erlaubte, mich jedoch mitschickte. In seinem Zimmer erzählte mir Herr Lehmann immer noch sehr aufgebracht folgende Geschichte: ‹Nach dem schrecklichen Todesfall von Marc fühlte ich mich in den letzten Tagen nicht mehr in Spiellaune. Deshalb habe ich die an meiner Geige fehlende G-Saite bis gestern nicht bemerkt. Als ich sie im Geigenkasten liegen sah, erschrak ich sehr. Sofort machte ich den Link zur immer noch gesuchten Mordwaffe. Wollte man mir den Mord in die Schuhe schieben? Hat der oder die Täterin keine Zeit gehabt, die Saite nach der Tat zu reinigen und wieder fachgerecht auf der Geige aufzuziehen? So wäre sie mit Sicherheit nie als Würgeschlinge enttarnt worden, nicht wahr? Ich suchte dann Silvia, entschuldigen Sie, Frau Doktor Möri, auf, um den makabren Fund der blutverschmierten Saite zu melden. Sie hat sich wohl aus Rücksicht auf mich entschieden, der Polizei vorerst keine Meldung zu erstatten, was ich, im Wissen meiner Unschuld, nicht richtig fand. Aus diesem Grund kam mir die Idee zur heutigen Inszenierung. War ich nicht gut?›

Natürlich habe ich ihm zugestimmt. Doch als ich ihn über die seltsame Aktion seiner Ärztin ausfragen wollte, tauchte plötzlich Boselli im Türrahmen auf. Er strafte mich mit einem vorwurfsvollen Blick, packte Paganini am Arm, um ihn wie ein unmündiges Kind zum Gespräch unter vier Augen abzuführen. Mich beorderte er zur Strafe nach Bern ab, um dort einen Bericht über die gefundene Mordwaffe zu verfassen und das nachmittägliche Möri-Verhör vorzubereiten.

Ich bleibe dran, muss jetzt aber schon wieder auflegen, Boselli taucht auf! Bin gespannt, was er mit dem praktisch auf dem Silberteller servierten obskuren Geständnis der Möri anfängt. Nun muss ich aber auflegen. Im Polizeiwagen mit dir zu telefonieren ist mir zu heiß. Bis bald – du wirst von mir hören.»

Heiri kann sich ein Schmunzeln nicht verkneifen. Vor dem inneren Auge lässt er die filmreife Szene, die sich vor Kurzem im Foyer der Klinik abgespielt haben muss, Revue passieren. Genial, wie die Verdächtigen, insbesondere diese Silvia, in die Gegenoffensive gegangen sind. Wie konnten sie gewusst haben, dass die Polizei Paganinis G-Saite als Tatwaffe ermittelt hatte und Boselli nun kommen würde, um den oder die Verdächtigen festzunehmen? Ich möchte nicht in Bosellis Haut stecken. Pesche hat bestimmt nicht zu Unrecht von der Cleverness und außergewöhnlichen Intelligenz der *Roten Zora* geschwärmt. An ihr und ihrer Clique wird sich Boselli fürwahr noch die Zähne ausbeißen. Aber Spaß beiseite. Ich bin gespannt, was er daraus für Schlüsse zieht.

Zum ersten Mal wird Heiri sich bewusst, welch ein Privileg er eigentlich genießt. Ohne Verantwortung für die Klärung des Mordfalles tragen zu müssen, kann er hier nach Lust und Laune weiter rätseln. Irgendwie fühlt er sich wie ein Fernsehzuschauer, der einen Krimi schaut und dem Kriminalisten schon etwas an

Wissen voraus hat. Für ihn ist es nun sonnenklar, dass er dieses Spiel zu Ende verfolgen und als passionierter Schachspieler nicht nur den oder die Mörderin, sondern zugleich auch Boselli schachmatt setzen wird. Umso mehr ärgert ihn sein lädierter Rücken.

Spätestens morgen muss ich in Saint-Tropez ermitteln gehen, sonst ist der verdächtige Venus-Fan schon über alle Berge verschwunden, befürchtet er.

12

Um sich etwas von seinem Malheur abzulenken, holt er die nachgeschickte Tageszeitung, das *Bieler Tagblatt* oder den *Seeländer Boten*, wie ihn Heiri von früher her immer noch zu nennen pflegt, aus dem Briefkasten. Was ist denn hiermit geschehen?, fragt er sich, als er beim Durchblättern vier unbedruckte Seiten entdeckt. Wollen sie so auf das vielzitierte Zeitungssterben aufmerksam machen, oder streiken die Journalisten? Mitten auf der vierten weißen Seite trifft er schließlich auf folgende Mitteilung:
Sicher geht es Ihnen wie uns, liebe Leserin, lieber Leser. Sie suchen keine neue Bank oder eine Versicherungskasse, geschweige denn jeden Tag ein neues Zuhause, einen neuen Wagen, die trendigste Uhr oder dergleichen.
Sie würden, wie wir, anstelle der unzähligen Werbeinserate, die über dreißig Prozent unserer Tageszeitungen füllen, lieber ein paar gescheite Artikel mehr zu lesen bekommen. Wir, eine politisch und konfessionell freie Gruppe von Humanisten, haben Sie für einmal von dieser Werbeflut freigekauft und nutzen diese Seiten heute und morgen als Plattform für unsere Anliegen unter dem Motto: «Für eine menschlichere Schweiz!» Wir möchten Sie heute dazu anhalten, in die leeren Zeitungsabschnitte Ihre eigenen Gedanken betreffend unseres Zusammenlebens zu projizieren. Also innezuhalten, um Ihr eigenes Leben im Kontext Familie, Nachbarschaft und Wohnort zu reflektieren.
Vielen Dank für Ihre Aufmerksamkeit und bis morgen.

Heiri staunt. Er versucht vergeblich, den oder die Urheber dieser verwegenen Aktion auszumachen. Erschreckt stellt er fest, dass er nicht in der Lage ist, sich auf die Zeitungsartikel zu konzentrieren. Verrückt! Ich bleibe wirklich an den leeren Seiten hängen. Und beim Verweilen und Nachsinnen wird ihm bewusst, wie empathielos unsere Gesellschaft geworden ist. Er muss sich auch eingestehen, als passionierter Einzelgänger wenig bis gar nichts für ein gutes Zusammenleben in seiner Wohngemeinde Bargen beizutragen. Ich liebe das Alleinsein und erwarte auch nicht, dass andere auf mich zugehen, rechtfertigt er dieses Verhalten. Natürlich hat sich auch seine Beziehung zu Rita verändert. Er fragt sich plötzlich, ob die emotionale Abkühlung wirklich nur eine natürliche Reaktion auf ihre schon «ewig» dauernde Partnerschaft und das fortschreitende Alter ist. Auch die Tatsache, dass sie beide viele frühere Freundschaften und Bekanntschaften verkümmern ließen, gibt ihm zu denken. Ich müsste mich wohl an der eigenen Nase nehmen und wenigstens in meinem näheren Umfeld vermehrt auf die Mitmenschen zu- und eingehen, gesteht er sich ein. Tragisch, wie viele von uns vereinsamen!

Erneut reißt ihn das Klingeln des Telefons aus seinen Gedanken. Aus der Muschel hört er vorerst ein gehauchtes *Psst* und dann die Stimme von Boselli: «Sie erlauben mir sicher, das folgende Verhör oder gar Geständnis aufzuzeichnen, nicht wahr, Frau Möri?»

«Nun mal ehrlich, Herr Kommissar, Sie glauben doch nicht im Ernst, dass ich meinen Patienten Marc Flückiger mit der G-Saite einer Geige erdrosselt habe!», hört Heiri die sichtlich aufgebrachte Chefärztin sagen. Will mir Laura nun tatsächlich eine Liveübertragung aus Bern bieten?, fragt sich Heiri überrascht und höchst erstaunt. Zum Glück scheint sie wenigstens ein fremdes Handy für diese riskante Aktion einzusetzen.

«Natürlich war mein Auftritt heute Morgen nur Show. Es war doch ein Scherz, Herr Boselli. Ich habe ein Ventil gebraucht, um meinem Ärger über Ihre übertriebenen und erniedrigenden Ermittlungsmethoden etwas Luft zu verschaffen. Mir fehlt das Verständnis dafür, dass sie meine Bude derart auf den Kopf stellen müssen! Ist Ihnen eigentlich bewusst, was Sie damit, gerade auf meine seelisch labilen Patienten bezogen, für Schaden anrichten? Hinzu kommt, dass Ihre Vorgehensweise jegliche Diskretion vermissen lässt. Vieles dringt an die Öffentlichkeit und ist für meine neue Klinik rufschädigend. Ich will Ihnen nicht drohen. Trotzdem möchte ich Sie darauf aufmerksam machen, dass ich, sobald meine Unschuld an dieser schrecklichen Tat bewiesen sein wird, Beschwerde gegen Sie einreichen werde. Ihr Vorgesetzter, Polizeipräsident Weibel, ist zufälligerweise mein Patenonkel, wissen Sie. Aber nun zur Sache: Ich bin gerne bereit, zu kooperieren, denn es liegt in unser beider Interesse, dass der Mordfall möglichst bald aufgeklärt wird.»

«Äh, ja», hört Heiri den offenbar überrumpelten Boselli sagen. «Das ist unsere Aufgabe, nämlich den Fall aufzuklären. Wir tun nur unsere Arbeit, und Sie müssen verstehen, dass die Tatsachen für sich sprechen, zum Beispiel die Tatwaffe, die Ihren Patienten Paganini, äh, Herrn Lehmann, belastet. Sie müssen doch Verständnis haben, wenn wir dafür eine Erklärung verlangen...» Boselli tönt schon fast kleinlaut, stellt Heiri fest. Dass Silvia Möri eine Verwandte des Polizeipräsidenten ist, überrascht auch ihn, und für Boselli muss diese Offenbarung ein ziemlicher Schock sein.

«Selbstverständlich habe ich mir auch schon den Kopf darüber zerbrochen, wer aus meinem Haus als Täter oder Täterin infrage kommt», hört Heiri Silvia weiter sprechen. Hoffentlich hat Laura ihr Handy gut getarnt, überlegt er.

«Meine Analyse hat ergeben, dass sowohl keiner wie auch alle als Mörderin oder Mörder infrage kämen. Diese Erkenntnis wird Sie allerdings nicht weiterbringen, Herr Boselli. Nehmen wir zum Beispiel Paganini: Sein Motiv wäre vielleicht Marcs Abneigung gegen sein Geigenspiel gewesen, aus dem dieser nie einen Hehl gemacht hat. Marc hielt sich jeweils demonstrativ die Ohren zu, wenn Paganini nur schon mit dem Geigenkasten durch den Flur kam. Dieser hat dann jeweils verbal zurückgegeben und Marc als Kulturbanausen und Mama-Söhnchen verhöhnt. Ihre psychischen Störungen haben beide sehr verletzlich gemacht. Paganini ist ständig auf Anerkennung aus. Aus diesem Grund unterbricht er sein Geigenspiel alle paar Minuten, um sich zu verbeugen und so Streicheleinheiten in Form von Szenenapplaus zu erhalten. Er hat uns alle schon beschimpft, wenn wir uns mit Applaus und

Lob zurückhielten. Meine Bewunderung hat er, denn ich finde seine Begabung phänomenal. Ich stehle mir die Zeit, damit ich möglichst keinen seiner Auftritte verpasse. Beim Musizieren verändert sich seine ganze Persönlichkeit. Aus dem kaputten, schwachen und dem Verzweifeln nahen Menschen wird ein unbeschreiblich lebensfrohes Wesen, das alles meistert. Als Mensch hasst er sich in erster Linie selber. Zuerst waren es seine ehrgeizigen Eltern, die ihm alles abverlangten, und später hat er sich selber einen Druck auferlegt, den niemand aushalten kann. Er wollte beim Geigenspiel immer der Beste sein und konnte sich keine Fehler verzeihen. Seinem Perfektionsanspruch konnte er schlicht nicht genügen. Kein irdisches Wesen hätte seinen Maßstäben je genügen können. Durch diesen Perfektionswahn kam er in eine Negativspirale. Seiner Selbstkasteiung in Form von wahren Übungsexzessen war dann auch sein Körper nicht mehr gewachsen. Vor einem halben Jahr wurde er als völlig ausgebranntes Häufchen Elend in meine Klinik eingewiesen.

Die Gesprächstherapiestunden mit ihm verlaufen sehr unterschiedlich. Manchmal zeigt er sich sehr zugänglich, an andern Tagen verschließt er sich jedoch vollkommen. Er erlebt eine Achterbahn der Gefühle, von himmelhoch jauchzend bis zu Tode betrübt und resigniert. Leider ist es uns noch nicht gelungen, eine stabilisierende Medikamentierung für ihn zu finden. Erschwerend hierbei ist auch seine totale Abneigung gegen Psychopharmaka im Allgemeinen. Von einer Zwangsverabreichung habe ich bisher abgesehen. Zu sehr fürchte ich mich davor, seine Genialität mit Medikamenten zu beeinträchtigen oder gar zu zerstören. Trotz seiner großen Labilität und Unberechenbarkeit traue ich ihm jedoch diese Tat nicht zu. Ich glaube, Sie suchen am falschen Ort, Herr Kommissar. Wie gesagt, stehe ich…»

In dem Moment wird die Leitung unterbrochen. Heiri wagt nicht, etwas in den Hörer zu rufen und hängt auf.

Weibel ist Silvias Patenonkel! Interessant! Dies eröffnet geradezu neue Perspektiven, denkt Heiri fast ein wenig verbittert. Hat Silvia eventuell bewirkt, dass mir Weibel den Fall wegnahm? Hat Onkel Weibel Angst bekommen? Kam ihm meine Attacke auf

Hemund gerade recht, um mich elegant loszuwerden? Ja, die Welt ist klein, aber wie auch immer, Tatsache ist, dass ich nun hier bin. Viel wichtiger ist die soeben gehörte Aussage Silvias! Sie versucht sich geschickt aus dem Schussfeld von Boselli zu nehmen. Was sie über Paganini erzählt hat, belastet diesen mehr, als dass es ihm helfen würde. Und dies, obwohl sie vorgibt, ihn schützen zu wollen.

Erstaunlich auch, dass Boselli die Chefärztin, die ja selber zum Kreis der Verdächtigen gehört, so lange referieren ließ, ohne sie zu unterbrechen und Fragen zu stellen. Schließlich ist sie es, die ein Geständnis abgelegt hatte, wenn auch eines, das sie nun als «Show-Einlage» bezeichnet hat. Kann es sein, dass Boselli sich von der verwandtschaftlichen Beziehung dieser Möri zu seinem Vorgesetzten so beeindrucken ließ? Ihre Drohung, sich bei ihrem Patenonkel über ihn zu beschweren, scheint Wirkung gezeigt zu haben. Und was genau kann sie Boselli vorwerfen?

Was den Fall betrifft, bin ich nicht schlauer geworden, zieht er Bilanz. Nach wie vor scheint es mir jedoch höchst unwahrscheinlich, dass diese beiden den Mord geplant und durchgeführt haben. Ich tippe viel eher auf jemanden, der auf etwas naive Art dem Geiger den Mord unterjubeln wollte. Es muss jemand sein, der Paganini kennt. Hemund, Venus... Erneut beginnen seine Gedanken um diese beiden zu kreisen. Sein Entschluss, weiter in diese Richtung zu ermitteln, verstärkt sich erneut. Es scheint, dass sich die Schlange immer wieder in den eigenen Schwanz beißt.

13

Schon beim Verzehr eines kleinen Imbisses entschließt sich Heiri, Laura eine Antwort-Mail zu schreiben, und unmittelbar danach formuliert er schweren Herzens folgende Sätze:

Liebe Laura,

Ich freue mich darüber, dass du immer noch zu mir hältst! Gleichzeitig möchte ich dich jedoch davor warnen, dich an Boselli durch eigenes Ermitteln rächen zu wollen. Er trägt keine Schuld an meiner Entlassung. Dass er dir unsympathisch ist, begreife ich. Versuch ihn zur Rede zu stellen, oder hol dir Hilfe bei unserem hausinternen Supervisor, wenn er dich schikaniert. Ich bin überzeugt, dass er sich seine Hörner schon noch abstoßen wird und bald einsieht, dass er in unserem Beruf nicht alles im Alleingang erreichen kann. Die Anspielung auf mein Versagen wird er sicher schon bald von allein bereuen. Ich schreibe sie seinem jugendlichen Übermut zu. Wie oft habe ich schon erlebt, dass Führungspersonen, die wenig natürliche Autorität ausstrahlen, zu äußerst kontraproduktiven Machtmitteln, wie zum Beispiel der Erniedrigung anderer, greifen. Wir haben es jedoch nicht nötig, uns auf einen Machtkampf mit ihm einzulassen und dabei womöglich zu unlauteren Mitteln zu greifen. Versuch etwas Distanz zu schaffen. Amüsiere dich an Szenen wie der von heute Morgen. Genieße es, dass du für einmal praktisch keine Verantwortung mittragen musst. Boselli will sich beweisen, und dies steht ihm zu. Hoffentlich verstehst du meine Worte. Aus Sicherheitsgründen sehe ich mich gezwungen, den Kontakt zu dir bis zu meiner Rückkehr einzustellen.
Ich freue mich auf ein Wiedersehen!
Herzliche Grü….

«Und, wie geht es meinem Patienten?!» Rita ist mitten am Nachmittag heimgekehrt. «Wegen der momentanen Windstille wurde unser erster Segelblock auf siebzehn Uhr verlegt. Schau, ich habe uns Crêpes besorgt.» «Es geht», antwortet Heiri, der an seinem Laptop kurz aufgeschreckt war und immer noch etwas gedankenabwesend ist. «Und wie war der Kurs?» «Interessant. Wir haben schon viel gelernt, und es kommt mir mit meinen mangelhaften Französischkenntnissen sehr entgegen, dass die Kursleiter auch recht gut Deutsch sprechen. Es scheint, dass ihre Kurse mehrheitlich von Deutschschweizern und Deutschen besucht werden. In unserem Kurs sind nur etwa ein Drittel Franzosen.» Das *unserem* Kurs gefällt Heiri. Rita scheint sich schon stark damit zu identifizieren. Wer weiß, vielleicht wird es mir gar nicht so schwerfallen, sie an meiner Stelle die ganze Woche hinzuschicken… «Ja, ja, die Medikamente haben mir die Rückenschmerzen etwas erträglicher gemacht, vielleicht würden ein paar Schritte die Blockade etwas lösen.»

Und so kommt es, dass Heiri seine Frau kurze Zeit später ans Meer begleitet. «Ein Tippeln wie ein Neunzigjähriger», kommentiert er seinen Schongang. «Nächstens werde ich mir wohl in der Altersresidenz einen Rollator borgen müssen!»

Kaum hat er diesen mehr als Scherz gedachten Satz ausgesprochen, holen ihn beim Wort Altersresidenz die Gedanken an die alte Frau mit dem Begleithund ein. Sein Entschluss ist schnell gefasst: Die zwei Stunden Segelkurs ermöglichen mir doch, mich in diesem Altersheim etwas umzusehen. Befriedigt nimmt er auch die aufkommende Brise wahr, die sicher ein Auslaufen der Jollen ermöglichen wird. Winkend beobachtet er kurze Zeit später, wie die kleinen Übungsboote sanft in die See gleiten. Die sind ja kaum größer als die Optimisten-Bootsklasse auf dem Bielersee, die meist von einzelnen Kindern manövriert werden, konstatiert er mit Erstaunen. Hoffentlich werden die mit zwei Personen bestückten Nussschalen nicht noch absaufen, denkt er beim Weitertrippeln leicht belustigt, und als ihm Marine Le Pen von der nächsten Plakatsäule entgegenstrahlt, kommt ihm ein böser Gedanke: Vielleicht amüsiert es die patriotischen Franzosen, wenn sich die Ausländer in den überladenen Jollen abmühen oder damit gar absaufen! Im Weitergehen geht ihm ein Ausschnitt aus einer deutschen Satiresendung durch den Kopf. Darin waren die Komiker in die Rollen eines französischen, eines deutschen und eines niederländischen Patrioten geschlüpft und hatten in ihrer Diskussion ad absurdum geführt, wie drei Rechtspolitiker ihres übertriebenen Nationalbewusstseins wegen auf keinen gemeinsamen Nenner kommen können, also in einem EU-Parlament völlig fehl am Platz sind. Heiri kann den Gedankenzudrang kaum stoppen und erschrickt, als er sich plötzlich vor der Altersresidenz befindet.

Sein Adrenalinspiegel steigt, als er die Behinderte mit ihrem Helferhund an genau gleicher Stelle des Hofes wie vor zwei Tagen unter der Platane entdeckt. Er ist auf einmal sehr unsicher. Wer blamiert sich schon gern? Ich kann doch nicht einfach auf die Dame zugehen und sie ansprechen. Über dem Portal direkt hinter der Rollstuhlfahrerin steht Réception. Heiri entschließt sich, dort Erkundigungen über die Hundebesitzerin einzuholen. Vielleicht kommt sie aus Paris, wie viele Feriengäste in dieser Gegend, und hat überhaupt nichts mit meinem Fall zu tun. Er versucht, sich neben dem Hund und der scheinbar dösenden Frau durchzuschleichen, was ihm auch beinahe gelingt.

«Bonjour, est-ce que je peux vous aider?» Die Worte lassen ihn zusammenfahren. Krampfhaft versucht er, einen französischen Satz hervorzubröseln.

«Je cherche le bureau», stottert er.

«Sie kommen aus der Schweiz, nicht wahr? Ich habe gestern den Wortwechsel mit Ihrer Frau am Zaun vorne mitverfolgt, entschuldigen Sie. Ein feines Gehör ist das Einzige, was mir noch geblieben ist. Warum nur haben Sie mich derart angestarrt? War es wegen dem Hund oder meinem speziellen Gefährt? Kommen Sie, setzen Sie sich doch! Gern vernehme ich etwas über meine alte Heimat.»

Und in breitem Berndeutsch bemerkt sie: «Dir chömet usem Seeland, nid wahr?»

Heiri ist vorerst sprachlos und angelt sich einen Stuhl. «Heit Ihr e böse Rügge?», fragt die alte Dame und macht es damit Heiri einfacher, in ein Gespräch zu finden.

Sie stellen sich gegenseitig vor, und Heiri merkt sehr bald, dass er in der Frau – sie nennt sich de la Fosse – tatsächlich die gewünschte Person gefunden hat.

Heiri wagt nicht, die doch recht fragil wirkende Dame direkt mit dem Mordfall Marc Flückiger zu konfrontieren. «Unser besitzt an der Anglade eine Terrassenwohnung, in der wir seit vielen Jahren ein, zwei Ferienwochen verbringen dürfen. Zum ersten Mal waren wir im Jahr 1985 hier. Zwei Wochen zuvor war dieser Berner Bub...»

«Schrecklich, ja, schrecklich! Wissen Sie, dieser Junge war mein Neffe. Haben Sie etwas Zeit? Es ist eine lange Geschichte...»

Ohne eine Antwort des überraschten Kommissars abzuwarten, beginnt Madame de la Fosse, Heiri ihre Familiengeschichte zu erzählen. Wie ein Sechser im Lotto, freut sich Heiri und hört der alten Dame gespannt zu.

«Die Freude war riesengroß, als meine Schwester im Jahr 1971 endlich schwanger wurde. Seit über zehn Jahren war sie mit Walter Flückiger verheiratet und hatte den Kinderwunsch in Wahrheit schon begraben. Als am 28. Februar 1972 kurz vor Mitternacht Marc das Licht der Welt erblickte, schien das Glück der Familie vollkommen zu sein. Ein Erbfolger und potenzieller Junior-Firmenboss war geboren. Sie müssen wissen, meine Schwester hatte bei Flückigers schon immer die Hosen an, wenn Sie verstehen, was ich meine. Item. Auf das Glück von Marcs Geburt folgte postwendend der große Schreckensmoment, denn der überraschte Frauenarzt und die Hebamme entdeckten noch ein zweites Ungeborenes. Am 29. Februar, 00:13 Uhr, wie es in der Geburtsurkunde heißt, wurde Marcs eineiiger Zwilling Lars geboren. Meine Schwester fiel kurzzeitlich in Ohnmacht. Als man ihr die beiden Buben zum ersten Mal zum Stillen brachte, weigerte sie sich, den Zweitgeborenen an sich zu nehmen. Ihre Aussage war ungeheuerlich: ‹Diese Kreatur ist vom Teufel! Niemals kann ich ein Kind, das am Schalttag geboren ist, annehmen. Ich werde es baldmöglichst zur Adoption freigeben!»»

Madame de la Fosse legt eine kurze Pause ein, bevor sie fortfährt, dem gebannt zuhörenden Kommissar ihre Geschichte zu erzählen. «Schrecklich, nicht wahr? Das Leben von Lars stand dadurch vom ersten Tag an unter einem äußerst schlechten Stern. Sie müssen wissen, Herr Weber, meine Schwester verkehrte damals in sehr zwielichtigen Kreisen. Sie war Mitglied einer satanischen Sekte. Ihren lange verwehrten Kinderwunsch sah sie als Strafe an und leistete in düsterster Form Abbitte dafür. Lars ist im Zeichen des Satans geboren, ließ sie auch später immer wieder verlauten. Selbstverständlich kam man ihrem Wunsch zur Adoption des verdammten, armen Kleinen nicht nach, was ich bis heute bereue. Meine Schwester machte Lars die Kindheit zum Gräuel. Während sie Marc verhätschelte und von Anfang in allem bevorteilte, drückte sie Lars den Stempel des Schlechten, des Versagers auf. Weder der Vater der Buben noch ich konnten sie davon abbringen, ihren Kleinen zu verdammen. Für alles Üble musste er herhalten. Immer wieder hielt sie ihm vor: ‹Warum bist du so unartig und dumm. Nimm dir ein Beispiel an deinem Bruder, du Nichtsnutz!› Auch ich habe den Kleinen damals im Stich gelassen und mich von meiner Rabenschwester abgewandt. Ich ertrug es schlicht nicht mehr, dem ganzen Leid aus der Nähe machtlos zusehen zu müssen. Ich musste weg. Ob Sie es glauben oder nicht, Herr Weber, aber dies war der Hauptgrund dafür, dass ich 1977 das Weite suchte und schließlich hier in Südfrankreich landete. Natürlich spielte auch noch die Tatsache mit, dass ich mich im Sommer zuvor hier unten in einen Jus-Studenten verliebt hatte.»

Für Heiri beginnen ein paar Puzzleteile zusammenzupassen. Die ungleiche Kindheit der Zwillinge Marc und Lars. Der eine von der Mutter vergöttert, der andere verachtet.

«Item», erzählt die alte Frau weiter. «Meine Schwester wünschte Lars schon als Säugling den Kindstod. Ich hatte schreckliche Angst davor, dass sie ihm etwas antun würde. Öfter hatte ich fürchterliche Horrorträume, in denen meine Schwester Kleinkinder auf grausamste Weise zu Tode quälte. Eine schlimmere Rabenmutter findet man nicht einmal in den Grimmschen Märchen. Ich schämte mich ihrer Unmenschlichkeit und hatte großes Mitleid mit dem kleinen Lars. Ich bin überzeugt, dass die fehlende Mutterliebe aus ihm einen Versager, Halunken und Kriminellen gemacht hat. Er wurde einfach völlig falsch programmiert, verstehen Sie?!»

Sie schaut ihrem Zuhörer prüfend in die Augen. «Eine ungewöhnliche Geschichte», bringt der Kommissar hervor. «Wie ist denn der Vater der Zwillinge damit umgegangen?»

«Ach, Walter hat sich völlig aus Erziehungsproblemen herausgehalten und sich nur noch um sein Geschäft gekümmert. Entschuldigen Sie, dass ich Ihnen, einem Wildfremden, mein Herz so ausschütte», und nun laufen ihr Tränen über das vom Alter und Leid zerfurchte Gesicht. Es beginnt sie förmlich zu schütteln, was bei ihr aufgrund ihrer Behinderung zudem Krämpfe in der Muskulatur und Zuckungen auslöst, sogenannte Spasmen, wie Heiri weiß. Hilflos sitzt er daneben.

«Tut mir leid!», bringt er trocken über die Lippen. Am liebsten hätte er dieses erbarmungswürdige Wesen zum Trost in die Arme geschlossen. Zum Glück kann sich Madame de la Fosse bald wieder etwas fangen.

«Wissen Sie, Herr Weber, nicht meine Behinderungen oder diese elendigliche alte Geschichte treibt mich beinahe zum Wahnsinn. Nein, es ist vielmehr die Vereinsamung! Mein Mann ist schon vor Jahren verstorben, und in solchen Institutionen wie dieser Ferienanlage für alte Behinderte finden sich beinahe keine geistig regen Menschen mehr, mit welchen man sich vernünftig austauschen kann. Verstehen Sie?»

Heiri nickt betroffen.

«Wissen Sie, der Herrgott hat mir auch keine eigenen Kinder geschenkt, die mich nun bei sich aufnehmen oder mich wenigstens ab und zu besuchen kämen. Der Einzige, der sich noch ein wenig um mich kümmert, ist – und nun werden Sie staunen –, ausgerechnet Lars, dieses Enfant terrible!»

Heiri ist wie elektrisiert. Seine Gedanken spielen verrückt. Ist er der Wolf, nach all dem ... «Wie, er lebt?», fragt er.

«Ja, Lars hatte seinen tödlichen Badeunfall von damals nur vorgetäuscht, um von zu Hause wegzukommen. Ungefähr drei
Wochen nach seinem Verschwinden ist er eines Abends vor unserer Haustür gestanden. ‹Weißt du Mimi, du bist die Einzige, die
mich gern hat auf dieser Welt! Es tut mir leid, dass ich dich so
erschrecken muss. Bitte, bitte verrate mich nicht, meine Mutter
bringt mich sonst um!›, hat er gefleht.
Selbstverständlich hätte ich damals seine Eltern informieren müssen, doch ich brachte es nicht übers Herz. Mein Mann, der gute
Beziehungen zur Justiz in Marseille hatte, gab dann vor, Lars wäre
ein uneheliches Kind von ihm, das er zu sich holen wolle. Die
Mutter des Kindes, eine illegale Roma, habe ihren Sohn vor ihrer
Rückreise nach Rumänien einfach hier zurückgelassen.
Und so kam es, dass Lars seine schwierigen Jugendjahre bei uns in
Le Lavandou unter dem Adoptivnamen Benoit de la Fosse ver-
brachte. Ich hatte angesichts seiner schrecklichen Kindheit Erbar-
men mit ihm. Leider konnte ich ihm jedoch nie die richtige Nest-
wärme geben. Es war zu spät, verstehen Sie. Heute würde man
sagen: Er war schlecht programmiert. Ihm fehlten das Vertrauen in
die Mitmenschen und der Nährboden, auf dem etwas Gutes,
Gesundes wachsen kann. Oft hat er auch mein Vertrauen miss-
braucht und in der Schule und in seiner Freizeit viel Unsinn angestellt. Es machte ihm Spass, andere bis zum Gehtnichtmehr zu
necken und ihnen Angst einzujagen. Schon in den Kinderjahren,
als die Zwillinge ein paarmal zu mir in die Ferien kamen, fielen mir
seine Fieseleien gegenüber dem feinen, eher introvertierten Bruder
Marc auf. Er terrorisierte seinen Zwillingsbruder richtiggehend.
Sätze wie: ‹Ich bin der böse Wolf, der von seinem Rudel ausgesto-
ßen wurde!› gingen mir richtig unter die Haut. Er rezitierte oft
Sätze aus dem Grimmschen Wolfsmärchen: ‹Dass ich dich besser
fressen kann!›, war einer seiner Lieblingssätze, bevor er jeweils über
Marc herfiel. Ich konnte ihn in solchen Momenten kaum bremsen.
Ach, hätte ich doch nicht eine solche Affinität zu diesen Märchen
gehabt. Wissen Sie, ich vermisste wohl meinen gelernten Beruf
als Kindergärtnerin und nutzte deswegen die Gelegenheit, um
meinen Neffen die farbigen Geschichten voller Leidenschaft und

Inbrunst zu erzählen. Oft habe ich dabei auch zu meinen Kasperfiguren gegriffen. Dabei hatte es Lars neben dem Wolf insbesondere das giftig-grüne Krokodil angetan. Nur das Märchen von Hänsel und Gretel war nicht im Repertoire. Ich hätte es niemals übers Herz gebracht, Lars von den von der Mutter verstoßenen Kindern zu erzählen.»

Bittere Tränen kullern der alten Frau über die Wangen, und mit einem tiefen Seufzer fügt sie an: «Ach, hätte ich es doch unterlassen, den kleinen Buben diese zuweilen brutalen Märchen derart hautnah und ungefiltert zu erzählen. Doch im Nachhinein ist man immer klüger, nicht wahr?!»

Heiri pflichtet ihr aus Überzeugung bei: «Ja, so ist es.»

«Trotzdem ist zwischen Lars und mir mit den Jahren eine innige Beziehung entstanden. Ja, ich war und bin für ihn die Ersatzmutter. Nicht mehr und nicht weniger. Sein Charakter hat es mir nicht leicht gemacht, immer zu ihm zu stehen. Immerhin hat er, gerade in seiner Pubertät, mit mir recht offen über seine kleinen und größeren Schandtaten gesprochen. Ich war eine Art Beichtmutter für ihn. Viele seiner Vergehen ließen sich jedoch nicht wieder gutmachen. Gerne hätte ich eine psychologische Betreuung für ihn beigezogen, doch mein Mann war strikte dagegen. Er hatte Angst davor, dass die falsche Identität von Lars auffliegen könnte. Aus seinen ‹Beichtberichten› ging immer wieder hervor, dass er während seinen Handlungen und Tätlichkeiten nicht sich selber war. Er verlor also offensichtlich für einen Moment die Selbstkontrolle und schlüpfte unwillentlich in eine andere Rolle. Mehr als einmal hat er mir unter Tränen gesagt: ‹Weißt du, Mimi, ich wollte doch nichts Böses tun, es war der Wolf!›

Mit solchen Geständnissen hat er sich von seinem durchaus vorhandenen Schuldbewusstsein zu befreien versucht. Armer Junge, armer Junge! Meine Hilflosigkeit machte mir schwer zu schaffen, verstehen Sie?! Er hat wirklich viel Mist gebaut! Früh begann er auch damit, seine unrühmlichen Taten anderen in die Schuhe zu schieben. Seine Varianten an Erpressungsarten waren unzählig und äußerst raffiniert. Bis heute kann ich nicht sagen, womit genau er seinen Lebensunterhalt verdient. Wenn ich ihn danach frage, weicht er mir mit Antworten aus: ‹Ich mache für reiche Leute in Saint-Tropez die Drecksarbeit.›» Aber nun will ich Sie nicht mehr länger nötigen, mir zuzuhören, Sie sind doch wohl nicht meinetwegen hier, oder?»

«Doch!», erwidert Heiri umgehend, um diese Steilvorlage nicht zu verpassen. «Wie eine Stecknadel im Heuhaufen habe ich in Ihnen durch reinen Zufall eine ganz wichtige Person zur Lösung meines Kriminalfalles gefunden. Gerne rücke ich nun auch mit meinen Anliegen heraus. Ich brauche nämlich Ihre Hilfe. Denn ich bin einer Wolfsgeschichte auf der Spur.»

«Geht es um Lars, hat er wieder etwas verbrochen? Gar etwas Schlimmes?!»

Heiri gelingt es kaum mehr, die alte Dame zu beruhigen, was angesichts der Tatsache, dass er ihr viel Schwerverdauliches zu erzählen hat, kaum erstaunen mag. Er erzählt Frau de la Fosse nun vom tragischen Todesfall ihres Neffen Marc und erfährt, dass sie noch nichts davon mitbekommen hat.

«O je», ist das Einzige, was die alte Frau vorerst über die Lippen bringt. «Und nun verdächtigen Sie wohl Lars, nach allem, was ich Ihnen vorhin über ihn erzählt habe… Wissen Sie, ich habe Marc als etwa Zwanzigjährigen zum einzigen und letzten Mal gesehen, als er plötzlich völlig unerwartet hier aufkreuzte. In den Jahren zuvor habe ich jeglichen Kontakt zu meiner Schwester abgebrochen. Es durfte auf keinen Fall auskommen, dass Lars noch lebt und wir ihn ohne das Wissen seiner Eltern adoptiert hatten. Marc fiel aus allen Wolken, als er Lars rund acht Jahre nach dessen Verschwinden lebendig bei uns vorfand. Er machte mir zu meinem eigenen Erstaunen jedoch keine Vorwürfe, dass ich ihn im Unwissen gelassen hatte. Im Gegenteil. Bei der erstbesten Gelegenheit, Lars war soeben zur Arbeit gegangen, lud er mich ins Strandcafé dort vorn ein und sagte treuherzig: ‹Weißt du, Tante Mimi, ich bin froh für Lars. Bei dir hat er es sicher viel besser gehabt, als wenn er zu Hause geblieben wäre. Es war auch für mich nicht leicht, zusehen zu müssen, wie herzlos und gemein unsere Mutter Lars behandelt hat. Sicher ist weit ab von zu Hause ein besserer Mensch aus ihm geworden!›»

Madame de la Fosse seufzt tief, bevor sie weitererzählt: «Marcs Hoffnung wurde jedoch bereits innert weniger Tage ein für allemal beerdigt. Schrecklich, was dann geschah! Es beschäftigt mich bis auf den heutigen Tag. Die Ohnmacht, aus Lars nicht einen besseren Menschen machen zu können, wurde mir auf brutalste Art vor Augen geführt. Seit damals habe ich größte Mühe, Mitleid für Lars aufzubringen, und dies, obwohl ich weiß, dass er im Grunde überall nach der ihm verwehrten Liebe und nach Verständnis sucht. Zu seinem Tätermuster gehört, wie erwähnt, das verzweifelte Bedrängen seiner Opfer. So zwingt er diese nämlich dazu, ihm wenigstens kurzfristig Aufmerksamkeit entgegenzubringen. Jämmerlich, nicht wahr!! Doch nun zu seinen beiden unrühmlichsten Vorfällen. In beiden hat er die Grenze des Tolerierbaren massiv überschritten. Beide spielten sich in der Schweiz ab. Sie müssen mir sagen, wenn ich Sie langweile, Herr Weber. Mich entlastet es, wenn ich diese alten Geschichten und Sorgen endlich jemandem anvertrauen kann, verstehen Sie?»

Und ohne eine Reaktion des Kommissars abzuwarten, beginnt sie die leidige Skilagergeschichte zu erzählen, als der damals dreizehnjährige Lars in Gestalt eines Wolfes in den fremden Schlafsack geschlüpft war. Ihre Version war der gestern am Telefon von Peter Lanz Gehörten sehr ähnlich. Nur hatte Frau de la Fosse aufgrund einer Beichte von Lars die Gewissheit, dass Marc damals für seinen Zwillingsbruder den Kopf hinhalten musste.

Die Geschichte mit der Vergewaltigung im Camping ist jedoch für den Kommissar von viel höherer Brisanz. Gespannt hört er zu, als die alte Dame fortfährt: «Auch Lars schien sich über ein Wiedersehen mit Marc zu freuen, stellte aber sofort und unmissverständlich klar, dass er weiter unerkannt bleiben wolle. Marc musste ihm hoch und heilig versprechen, niemandem aus der Schweiz etwas von seiner Existenz zu verraten. Lars war hingegen geradezu begierig auf Nachrichten aus der Heimat. Unglücklicherweise erzählte Marc ihm von seiner Jugendliebe Wendy. Marc schien sehr verliebt. Immer wieder spielte er das Lied der *Venus vo Bümpliz* ab und schrieb seiner Wendy lange Liebesbriefe. Schön, so verliebt zu sein, nicht wahr, Herr Kommissar?!

Lars wurde eifersüchtig. Ausgerechnet Wendy, in die er als Teeny selber verknallt gewesen war. Er begann seinen verliebten Bruder auf primitive und gemeine Art zu hänseln. ‹Hast du sie schon…›, Sie wissen schon, und ‹sicher geht die Schöne längst mit einem andern, du Memme›, und so weiter. Und plötzlich kam er auf eine abscheuliche Idee. Vordergründig erklärte er, er habe solche Sehnsucht nach Bern, dass er es kaum mehr aushalte. ‹Das ist doch die Gelegenheit›, sagte er dann. ‹Du gibst mir deinen Pass, und ich reise an deiner Stelle für ein paar Tage nach Bern. Niemand wird Verdacht schöpfen, und du hast hier unterdessen deine Ruhe und kannst Tag und Nacht Liebesbriefe schreiben.› Von seinem Lehrlingsgeld konnte er sich diese Reise leisten. Die beiden glichen sich nach wie vor wie ein Ei dem andern. Wir waren uns deshalb absolut sicher, dass der Rollentausch niemals auffliegen würde. Daher und wegen seiner erreichten Volljährigkeit gab es für mich keinen Grund, ihn zurückzuhalten. Ich ahnte ja nicht, dass erneut der Wolf in ihm erwacht war und es ihm nur darum ging, in Bern Beute zu machen. Er schlüpfte zur Tarnung nun ganz in die Rolle seines Bruders. Wendys Adresse hatte er Marc längst abgeluchst.»

Die Fortsetzung der Dramaturgie hat sich Heiri längst zurechtgelegt, und er ahnt, was nun als Nächstes kommt. Trotzdem lässt er Frau de la Fosse ausreden. «Unter dem Vorwand, er, Marc, habe es in Frankreich nicht mehr ausgehalten und müsse sie unbedingt sehen, bat er Wendy schon am zweiten Tag, ihn auf dem Eichholz-Campingplatz zu besuchen. In der fortgeschrittenen Dämmerung lockte er sie in ein Zelt und fiel in Wolfsmanier über das arme Ding her. Seine Tat war ein verzweifelter Akt der Eifersucht. Er mochte seinem Bruder die angeblich bildhübsche Venus nicht gönnen. Hals über Kopf hat er sich nach der Tat in den Nachtzug nach Marseille geflüchtet, und am nächsten Tag tauchte er mit seinem breiten Grinsen schon wieder hier unten auf. Wendy muss schockiert gewesen sein. Sicher konnte sie sich nicht erklären, was in den sonst so zurückhaltenden Marc gefahren war. Sicher weiß sie bis heute nicht, dass sie es damals mit dem totgeglaubten Lars zu tun hatte. Lars hat Marc mit dieser schändlichen Tat entsetzlich

wehgetan! Sicher fragen Sie sich jetzt, warum ich von dieser Vergewaltigung erfahren habe. Dieses Ereignis hat er mir nicht im stillen Kämmerlein unter Tränen gebeichtet, nein, er hat sich unmittelbar nach seiner Rückkehr mit dieser ‹heldenhaften› Tat auf äußerst verabscheuungswürdige Art gebrüstet. Er schwärmte Marc von dessen sexy Venus vor. ‹Ich habs ihr besorgt! Du hättest dich ja eh nie getraut...› Niederträchtig, hundsgemein, nicht wahr? Marc war zu Recht schockiert und der Verzweiflung nahe. Hals über Kopf reiste er zurück nach Bern. Seither ließ er sich nie mehr bei mir in Frankreich blicken. Bis zum Tod ihrer Mutter hatten die beiden Brüder, so viel ich weiß, auch keinen Kontakt mehr miteinander. Lars sei jedoch plötzlich an der Beerdigung meiner Schwester aufgetaucht, hat mir eine damals ebenfalls anwesende alte Bekannte berichtet. Es habe eine scheussliche Szene mit ihm gegeben. Erst habe er aufs Grab gespuckt und dann zu einer Rede angesetzt: ‹Diese Frau war auch meine Mutter›, habe er den verblüfften Anwesenden zugerufen. ‹Sie hat mich verstoßen und gequält! Als ausgestoßener und tot geglaubter Wolf bin ich heute zurückgekehrt, um mich an meiner eigenen Sippe zu rächen. Ich werde mir meine wahre Identität wieder geben lassen und erhebe hiermit Anspruch auf mein Erbe. Als Schmerzensgeld für mein verpfuschtes Leben erwarte ich zusätzlich, dass das Ferienhaus in Mürren und die vermeintlich stillgelegte und von mir auf Vordermann gebrachte Familienjacht in Saint-Tropez in meinen alleinigen Besitz übergeht. Wehe dem, der sich mir in den Weg stellt!› Nach dieser eigenartigen Grabrede spuckte er nochmals ins Grab, dann küsste er Marc auf die Wange und verschwand.
Es ist ein kleiner Trost, dass Marcs Frau diese Szene aufgrund ihrer Abwesenheit wegen einer Beinoperation nicht mit erleiden musste. Es macht Lars sichtlich immer noch Spass, seinen ängstlichen Bruder und indirekt auch mich mit Drohgebärden fertigzumachen. Marc war ihm und seinen Launen stets ausgesetzt. In manchen Situationen spielte sich der schlaue Lars auch als Beschützer von Marc auf. So hatte er ihn stets im Griff. Ich frage mich gerade, wessen Leben meiner beiden Neffen schlimmer ist

oder war. Sind sie sicher, Herr Kommissar, dass sich Marc nicht selber das Leben genommen hat? Vielleicht hielt er diesem ständigen Druck einfach nicht mehr stand?!»

«Es war Mord», erwidert Heiri in ruhigem, aber bestimmtem Ton.

«Meinen Sie wirklich, dass Lars etwas mit dem Mord an Marc zu tun hat?», fragt die völlig aufgewühlte Frau. «Sie haben etwas von einer Wolfsgeschichte erwähnt, dann wäre… Aber nein. Lars war doch die ganze Zeit hier! Er hat mich vor etwas mehr als drei Wochen ins Spital begleitet und in den letzten drei Wochen zu meinem Hund geschaut. Vor vier Tagen hat er mich dann vom Spital in Toulon zur Reha hierher transportiert. Ein Freund von ihm hat einen für Behindertentransporte umgebauten Lieferwagen, wissen Sie. Im Spital musste ich vierzehn Tage liegen, und darum war ich Lars für seine Hilfe sehr dankbar. Ja, richtig, er hat sogar meinen Rollstuhl abgeholt, um ihn während meiner ‹Liegeferien› revidieren zu lassen. In den letzten Jahren hat er sich einige Male rührend um mich gekümmert. Auch beim Tode meines Mannes…»

Heiri ist nicht mehr in der Lage, weiter zuzuhören. *Hund, Rollstuhl, Lieferwagen…* Lars war also genau in der Mordwoche mit allem ausgestattet, was diese angebliche Cousine am Todestag bei sich hatte. Um Frau de la Fosse jedoch nicht unnötig weiter zu verunsichern, behält er diese Gedanken für sich. Ich habe den Täter!, sagt ihm sein Instinkt. Jetzt muss ich dem vermeintlichen Phantom von Marc auf den Leib rücken. Die Person auf der Segeljacht gestern war also Lars.

«Die Zwillinge sehen sich wohl sehr ähnlich, nicht wahr?», fragt Heiri gedankenversunken.

«Ja, als Kinder und Jugendliche sahen sie zum Verwechseln gleich aus. Selbst ich konnte sie optisch kaum unterscheiden. Sie glauben also doch, dass Lars die schreckliche Tat vollbracht hat? Aber weshalb hätte er dies tun sollen? Marc habe ihm sogar einen Teil des Familienerbes abgetreten, hat er mir vor ein paar Monaten freudig erzählt, als er in einem neuen Sportwagen bei mir vorfuhr.»

«Ich will mit offenen Karten spielen», erwidert Heiri und erzählt der behinderten Dame die Geschichte der seltsamen Cousine im Rollstuhl, die am Mordtag in der Klinik zu Besuch war und den toten Marc in seinem Zimmer aufgefunden habe. Frau de la Fosse schüttelt den Kopf. «Das will und kann ich einfach nicht glauben, Herr Kommissar», bemerkt sie aufgewühlt. «Wir werden sehen. Ich danke Ihnen jedenfalls ganz herzlich für dieses aufschlussreiche Gespräch und verspreche, Sie auf dem Laufenden zu halten. Ich weiß ja nun, wo ich Sie in den nächsten Tagen finden kann. Gerne möchte ich Sie dann auch zu einem Abendessen einladen, um uns über erfreulichere Themen zu unterhalten. Leider ist unsere Ferienwohnung nicht rollstuhlgängig, aber Sie kennen bestimmt ein geeignetes Restaurant hier in der Nähe. Vorerst muss ich meinen Hexenschuss etwas auskurieren, ich kann kaum mehr aufstehen.»

«Ja, ja, man wird älter, Herr Weber. Hoffentlich wird der oder die Mörderin bald gefasst, damit Ihr schrecklicher Verdacht gegen Lars ins Wasser fällt. Ich muss jetzt eh zum Diner nach drinnen gehen. Auf Wiedersehen – komm, Ascot!»

Ein Blick auf die Uhr zeigt Heiri, dass er sich beeilen muss, um noch vor Rita zu Hause anzukommen. Im Amt und in der Schweiz würde er Lars jetzt ein ganzes Fahndungsteam auf den Hals hetzen. Verdammt! Ich habe vergessen, die Frau nach Lars' Adresse zu fragen, ärgert er sich.

14

Euphorisch kehrt Rita aus dem Segelkurs zurück. «Fantastisch, dieses Spiel mit den Elementen! Der leichte, konstante Abendwind war optimal. Er verschaffte uns erste kleine Erfolgserlebnisse, die uns zusätzlich motivierten. Toll finde ich auch, dass wir eine Stunde länger als vorgesehen draußen bleiben durften. Wirklich super, diese Kursleitung. Du kannst dich freuen!»

«Schade, dass mein Rücken nicht mitspielt! Willst du nicht morgen noch mal hin?! In meinem Zustand könnte ich den Kurs ohnehin nicht genießen. Die Sitzposition ist Gift für meinen Rücken, du weißt!»

«Einverstanden, aber übermorgen hast du keine Ausrede mehr, mein Lieber, sonst ist der Zug für dich abgefahren.»

Während sich Rita in der Küche zu schaffen macht, wandelt Heiri in Gedanken versunken durch den Garten, der sich auf der Ostseite der Terrassenwohnung befindet. Erst jetzt wird ihm bewusst, wie weit ihn der heutige Tag hinsichtlich Klärung des Mordfalls gebracht hat. Unablässig kreisen seine Gedanken hauptsächlich um das schicksalhafte Leben von Lars und Marc. So erstaunt es nicht, dass er sich am nächsten Morgen gleich nach Ritas Weggang in seinen R4 setzt und nach Saint-Tropez fährt.

Sein Ziel ist ganz klar der Hafen. Ich muss mir die Venus von Bümpliz genauer ansehen. Vielleicht lässt sich auf dem Boot irgendein Hinweis oder gar Beweis für Lars' schreckliche Tat sicherstellen, hofft er. Im Idealfall ist er momentan nicht an Bord. Er darf mich nicht sehen, sonst könnte es für mich sehr gefährlich werden. Hier in Frankreich habe ich keine Chance, ihn festzunehmen oder gar von der französischen Polizei verhaften zu lassen. Das Ganze würde zu einem Fiasko für mich ausarten. Ich muss also sehr vorsichtig sein.

Er hat lange mit sich gerungen, ob er Boselli und seinen Vorgesetzten Weibel über die Aufklärung des Falls informieren soll. Eigentlich müsste ich jetzt meinen Zwangsurlaub sofort beenden, nach Bern fahren und die ganze Geschichte, die ihm Madame de la Fosse erzählt hat, zu Protokoll bringen.

Während die Berner Polizei nach weiteren Indizien sucht, um Paganini oder sonst jemanden in der Aarberger Klinik festzunageln, kenne ich den Mörder und weiß, dass er hier, praktisch vor meiner Nase, frei herumläuft. Das müsste den Kollegen reichen, um die französische Polizei einzuschalten. Lars Flückiger, oder wie er jetzt heißt, würde festgenommen und in die Schweiz ausgeliefert. Fertig, Fall gelöst.

Ich müsste mich nicht einmal rechtfertigen, hier illegal ermittelt zu haben, überlegt Heiri, die Lösung des Falls ist mir zufälligerweise geradezu in den Schoß gefallen. Idiotisch, dass ich Lars' jetzige Adresse nicht kenne, aber die wird mir Madame de la Fosse noch verraten.

Irgendetwas an der Geschichte lässt ihn zaudern, das zu tun, was auf der Hand liegt und auf dem direktesten Weg wieder in seine Rolle als offizieller Ermittler zurückzukehren. Ich bin zum Außenseiter geworden, wird ihm bewusst. Kurz vor der Pensionierung dieser demütigende Zwangsurlaub: Diese Wunde schmerzt noch immer. Doch da ist noch etwas anderes, ein paar Puzzleteile, die er nicht zusammenfügen kann.

Auf der Fahrt nach Saint-Tropez der Küstenstraße entlang hat er keinen Blick für die malerische Landschaft; statt dessen meldet sich der Psychologe in ihm: «Stimmt deine Geschichte? Ist die Lösung des Falls nicht etwas zu einfach?»

Ein Bild nach dem andern entsteht vor Heiris «geistigem Auge», während er in gemächlichem Tempo hinter einem Lastwagen herzottelt. Marcs Ehefrau mit ihrer Aussage: «Marc hat sich verändert, er muss sich neu verliebt haben, aber die Begehrte hat er mir noch nicht vorgestellt.» Neu verliebt? Marcs große und einzige Liebe war doch Wendy Nussbaum, die Venus, Pflegerin ausgerechnet in der Aarberger Psychoklinik, in der Marc erdrosselt wurde. Sie scheidet aufgrund seiner Ermittlungen nun als Täterin aus, könnte aber in Gefahr sein, denn sie weiß ja nicht, dass nicht Marc ihr Vergewaltiger war, sondern dessen besessener und unberechenbare Zwillingsbruder. Marc der Gute, Lars der Böse, zwei Menschen, die sich buchstäblich gleichen wie ein Ei dem andern, und deren Charaktere unterschiedlicher nicht sein könnten. Ich muss zuerst mit Wendy Nussbaum reden, wenn ich zurück in der Schweiz bin, beschließt Heiri. Er wird das Gefühl nicht los, dass die *Venus vo Bümpliz* mehr über den Fall weiß, als sie der Polizei erzählt hat. Je näher Heiri dem Hafen kommt, desto nervöser und unschlüssiger wird er. Jetzt hätte ich noch die Gelegenheit, unbeschadet aus diesem verstrickten Fall auszusteigen. Vielleicht ist es schon in einer Viertelstunde vorbei, überlegt er. Natürlich hat er aber den Entscheid, weiterzuermitteln, längst gefällt. Das Ermitteln ist nach wie vor eine Passion für ihn. Pech gehabt!, denkt er, als er im schmucken, touristischen Hafen keine Venus ausfindig machen kann. Was jetzt? Kurzerhand entschließt er sich, im Hafenbüro Erkundigungen einzuholen. Die werden sicher wissen, welche Boote unter welchem Namen hier ihre Stammplätze haben. Und auch die Besucherplätze werden sie mit Bestimmtheit überwachen. Heiri beginnt, sich auf dem Weg zum klar markierten Häuschen ein paar französische Sätze zurechtzulegen, weil ihm in dieser Sprache eine fließende Kommunikation große Mühe bereitet. Oft schon hat er auch feststellen müssen, dass die Einheimischen hier wenig bis keine Rücksicht auf Fremdsprachige nehmen. Zu seinem Ärger ist das Hafenbüro jedoch bis sechzehn Uhr geschlossen. Treten an Ort heute! Heiri kann sich einen herzhaften Fluch nicht verkneifen.

Was nun? Ich kann unmöglich bis vier Uhr hier warten. Sollte ich versuchen, eine Adresse von diesem Lars alias Benoit de la Fosse ausfindig zu machen? Auf der riesigen Übersichtstafel, die unweit des Häuschens aufgestellt ist, macht Heiri zum Glück einen noch viel größeren und moderneren Jachthafen aus. Sogleich macht er sich zu Fuß in nördlicher Richtung dorthin auf. Nach rund einem Kilometer Fußmarsch erreicht er diese riesige Hafenanlage. Unheimlich, was für ein Vermögen hier vor Anker liegt! Wo soll ich nur mit Suchen beginnen? Den besten Überblick hätte ich wohl von der hohen Hafenmauer aus.

Heiri hat Glück, denn schon auf dem Weg dorthin sticht ihm plötzlich die auffällige SC-Bern-Flagge ins Auge. Vorsicht! Wenn Lars auf dem Schiff ist, würde er mich wohl auch mit Strohhut und mafiös-dunkler Sonnenbrille von Weitem erkennen. Heiri macht Anstalten, auf ein anderes Schiff zuzusteuern, ohne freilich die Venus auch nur eine Sekunde lang unbeobachtet zu lassen. Bereits aus dieser beträchtlichen Sicherheitsdistanz kann er feststellen, dass die Jacht alles andere als auslaufbereit ist. Eine Plane ist, vermutlich als Sonnenschutz, über den Außenbereich gespannt.

Vorsichtig nähert er sich. Aufgrund ihrer Lage kann Heiri nicht das ganze Deck überblicken. Und wenn Lars nun gerade in diesem Bereich Siesta macht oder drinnen am Kochen ist? Instinktiv schaltet Heiri alle Sinne ein. Doch er kann nichts Verdächtiges hören. Es riecht auch nicht nach Kochen oder Zigarettenrauch. Das Boot scheint wirklich verlassen. Ein Badetuch mit der Aufschrift *Raiffeisen* hängt zum Trocknen an der Reling. Seltsam, gibt es diese Bank auch in Frankreich? Noch immer ist er rund zwanzig Meter von der Venus entfernt. Der Hafen scheint in diesem Bereich wie ausgestorben. Kein Wunder, denn es ist windstill, und die Mittagshitze brennt. Hier sind zudem ausschließlich Segeljachten von Einheimischen, stellt Heiri an den Schiffsnummern fest. Die werden auch kaum an einem Wochentag Zeit zum Segeln haben. Also frisch gewagt!

Von wegen frisch. Der Schweiß rinnt Heiri in Bächen über die Wangen, wobei neben der Hitze jetzt vor allem die Aufregung den Hauptfaktor für sein Leiden ausmacht. Vorsichtig klettert er via Bug übers Boot. Zu seinem Erstaunen stellt er fest, dass sich die Plane problemlos aufknöpfen lässt und die Kajütentür darunter offen steht. Der Puls schlägt Heiri bis zum Hals, als er die paar Treppenstufen hinabsteigt. Im Innenraum herrscht ein riesiges Durcheinander. Taschen und Koffer sowie Vorratskisten mit Konservendosen, Reis und so weiter stehen herum. So, so, das Vöglein will ausfliegen!, kombiniert Heiri. Hat Lars etwa schon Verdacht geschöpft und mich womöglich vorgestern vom Liegestuhl aus erkannt?! Der hat ja Material für eine ganze Weltreise bereit. Er traut wohl der Sache nicht so ganz und will definitiv verschwinden.

Der Kommissar sieht sich schon ohnmächtig am Ufer stehen, während Lars ihm beim Auslaufen mit einem hämischen Grinsen zuwinkt. Ich müsste doch die französische Polizei einschalten, oder gar das Boot sabotieren, damit Lars nicht abhauen kann. Die wildesten Szenarien gehen Heiri durch den Kopf, als ihm plötzlich an einem Koffer ein Adressetikett auffällt. Bei genauerer Betrachtung schüttelt er ungläubig den Kopf. Gleichzeitig reißt ihn ein Rufen aus seiner Erstarrung, und er fährt zusammen. Ein Blick durch die Luke beruhigt ihn, denn ein Boot tuckert friedlich seinem Landeplatz zu. Der stolze jugendliche Kapitän hat wohl jemandem etwas zugerufen. Trotz des Fehlalarms wird es Zeit, hier wieder zu verschwinden, wird sich Heiri bewusst. Gerne hätte er sich den Inhalt des Koffers noch genauer angesehen, doch dieser ist verschlossen. Nochmals liest er die Anschrift im Stile eines eifrigen Erstklässlers durch und ein ungläubiges WENDY geht über seine Lippen.

Hastig eilt er von Bord. Was genau wird hier gespielt?, fragt er sich. Die Sache wird immer verworrener. Wenigstens ist mir meine Aktion vorhin unbeschadet gelungen, denkt er erleichtert. Doch genau in diesem Moment sieht er Lars knapp hundert Meter vor sich aufs Hafensträßchen einbiegen. Rasch wendet sich Heiri ab und macht sich pro forma an seinem linken Schnürsenkel zu schaffen. Den stechenden Rückenschmerz, den sein rasches Abdrehen und Bücken ausgelöst hat, versucht er unter Qualen zu ignorieren.

Als Lars scheinbar nichtsahnend hinter ihm vorübergeht, wagt er kaum mehr zu atmen. Aus den Augenwinkeln nimmt er wahr, dass dieser eine Schablone, einen Stupfpinsel und einen kleinen Farbeimer mit sich trägt. Keine schlechte Idee, denkt Heiri. Ich an seiner Stelle würde das Schiff auch umbenennen und einen möglichst gängigen französischen Namen verwenden. Delphine, Belle Amie, Mistral oder Neptun, Diana oder dergleichen.

Nomade wäre auch nicht schlecht für einen, der nun schon zum zweitenmal heimatlos wird oder gar nie ein richtiges Zuhause gekannt hat. Irgendwie habe ich mit diesem Mistkerl Bedauern, aber Vorsicht, er ist gefährlich! Mühsam richtet sich Heiri wieder auf, um in Richtung Parkplatz zu gehen. Wie kann ich nur verhindern, dass mir dieser schlaue Fuchs, in seinem Fall wohl eher Wolf, nicht endgültig durch die Lappen geht? Und was ist mit Wendy? Hat sie tatsächlich mit ihrem Vergewaltiger einen Pakt geschlossen? Wohl kaum! Viel eher würde ich Lars zutrauen, dass er Wendy erpresst. Kann er vielleicht beweisen, dass sie die Mörderin von Marc ist? Der Schlüssel zur Aufklärung liegt mit Bestimmtheit bei ihr. Heiri eilt, so gut es sein schmerzender Rücken zulässt, zu seinem R4. Er wagt nicht, sich noch einmal umzusehen, denn er fürchtet sich davor, verfolgt zu werden. Plötzlich ist er nicht mehr sicher, ob er die Plane vor dem Verlassen des Bootes wieder zugeknüpft hat. Schweißgebadet erreicht er seinen Wagen und fährt in Richtung Le Lavandou davon.

Wieder wählt er die Küstenstraße. Obwohl er die herrliche Aussicht aufs azurblaue Meer und die vorgelagerten naturbelassenen Inseln auch diesmal nicht wahrnimmt, ist er etwas euphorisiert von seinen geglückten Ermittlungen. Umso mehr erschrickt er, als er im Rückspiegel einen Sportwagen mit vollem Scheinwerferlicht in rasendem Tempo auf sich zufahren sieht. Nun klebt ihm dieser förmlich an der Stoßstange. Längst ist Heiri etwas an den rechten Straßenrand gefahren, ja sogar das rechte Blinklicht hat er betätigt, um den Raser zum Überholen einzuladen. Aber nichts. Hartnäckig sitzt ihm der rote Ferrari im Nacken. Im Rückspiegel erkennt Heiri hinter dem Lenkrad des Verfolgers das hämische Grinsen eines etwa vierzigjährigen, ihm völlig unbekannten Gigolos.

Was hat der nur vor, denkt Heiri, und panische Angst befällt ihn. Will er mich von der Straße drängen! Ist es womöglich Lars, der mich verfolgt? Bilder aus brutalen Actionfilmen gehen ihm durch den Kopf. Wenigstens bin ich bis nach Le Lavandou auf der Bergseite der Straße, links würde es tatsächlich über hundert

Meter fast senkrecht runter ins Meer gehen, ist er sich bewusst. Was mache ich nur?! Ruhig bleiben und im nächsten Dorf auf den Parkplatz eines der zahlreichen Restaurants fahren, nimmt er sich vor und setzt diesen Plan auch um. Hupend und winkend passiert ihn dort der Verfolger und verschwindet hinter der nächsten Straßenbiegung.

Ein seltsames Spielchen, nicht ganz mein Stil, denkt Heiri sichtlich erleichtert und setzt seine Fahrt fort. Doch sofort befallen ihn neue beunruhigende Gedanken: Sollte ich nicht besser meine Vorsichtsmaßnahme fallen lassen? Will heißen, Laura über die dramatischen Entwicklungen unseres Falles hier unten ins Bild setzen und sie vorsichtshalber auf Wendy ansetzen?, fragt er sich. So könnten sie in Bern eventuell verhindern, dass Wendy sich in die Hände dieser Bestie begibt. Es drängt Heiri förmlich, zum Handy zu greifen und diesen Warnanruf zu tätigen. Trotzdem zögert er und unterlässt es schließlich im Wissen, dass sein verbotenes Weiterermitteln dadurch auffliegen würde.

15

«Na, ist mein lahmes Vögelchen heute Nachmittag ausgeflogen?», begrüßt ihn Rita, als er kurze Zeit später die Wohnung betritt. Die Röte steigt Heiri ins Gesicht. «Wie kommst du darauf? Spionierst du mir jetzt nach!?», fragt er in einem hörbar enervierten Ton.

«Na, na, was ist dir denn über die Leber gekrochen? Ich hätte dir nur in unserer Mittagspause meine Segelpartnerin vorstellen wollen. Da hast du in Tat und Wahrheit etwas verpasst. Sie ist nämlich jung und bildhübsch, spricht unsere Sprache und ist sehr sympathisch. Stell dir vor, sie lebt mit ihrer Familie in Aarberg und ist im Moment auf dem großen Zeltplatz dort drüben am Campieren. Auf dem *Seeland-Camping*, wie du ihn angesichts der Tatsache, dass insbesondere im Herbst fast jede zweite Familie aus unserer Heimat hier Ferien macht, umbenannt hast.»

«Und sie heißt wenn möglich Wendy Hemund?!», bemerkt Heiri spontan, «und ist zufällig meine Hauptverdächtige und Frau des Arschloches, dem ich diesen Zwangsurlaub hier zu verdanken habe!»

«Willst du mir nun verdammt noch mal vorschreiben, mit wem ich mich im Urlaub treffen darf?», erwidert Rita aufgebracht. «Was ist denn in dich gefahren? Glaubst du eigentlich, es sei lustig für mich, mit einem ständig in Gedanken versunkenen Griesgram wie dir die Ferien zu verbringen? So langsam habe ich den Verdacht, dass du deinen Hexenschuss nur vorgetäuscht hast. Ich gebe dir gerne frei, um weiter zu kriminalisieren und besuche bis Samstag den wirklich höchst interessanten Segelkurs. Wendy und ich bilden nämlich eine tolle Segelcrew. Ich glaube, du bist endgültig übergeschnappt. Wie soll eine so zarte und gutmütige Frau wie Wendy bitte sehr einen Mann erdrosseln?! Und wäre sie jetzt hier, wenn sich dein Verdacht gegen sie in irgendeiner Form erhärtet hätte?» Zornig verlässt Rita den Terrassentisch, um sich etwas zu trinken zu holen.

«Du verkennst die Situation und weißt gar nicht, in welcher Gefahr wir hier stecken. Sicher hast du ihr auch unsere Wohnung gezeigt. Wahrscheinlich hat sie sich sogar an meinem Laptop zu schaffen gemacht!»

«Jetzt hör doch auf! Spinnst du? Sag mir besser, wo du die Apérogläser versteckt hast! Dass Männer es einfach nie schaffen, das Geschirr am dafür vorhergesehenen Ort zu versorgen!»

Heiri verwirft die Idee, Rita einzuweihen und so auf seine Seite ziehen zu können, stattdessen erwidert er sarkastisch: «Wir Männer verstecken die Gläser absichtlich, damit ihr Frauen beim Finden jedesmal ein Glücks- und Erfolgserlebnis habt!»

Kurz darauf kehrt Rita mit einem Apéro und dem «Bieler Tagblatt» unterm Arm an den Tisch zurück. «Das musst du sehen», sagt sie nicht ohne Absicht, den ausgebrochenen Streit beenden zu wollen und vom Thema Wendy abzulenken. «Die Berner Humanisten, die sich schon gestern mit ihrer spektakulären Leerspalten-Aktion bemerkbar gemacht haben, warten in der heutigen Ausgabe mit zahlreichen Denkanstößen zu einem menschenwürdigeren Zusammenleben auf.»

Aus Neugier und Interesse an versöhnlichen Tönen lässt sich Heiri auf diese Thematik ein. Er bereut es keineswegs, denn die kommende Stunde verbringen die beiden mit Philosophieren über die höchst simplen und doch so genialen Denkanstöße. Rita ist begeistert von der Idee dieses Aufrufs zu mehr Mündigkeit. Zu einem rücksichtsvolleren, naturnäheren und von Empathie geprägten Zusammenleben, das die Gemeinschaft in den Vordergrund stellt. Mit einer von Neugier und Enthusiasmus geprägten Stimme liest sie Heiri die Statements jeweils vor:

Wir, eine Gruppierung von Humanisten, sind auf der Suche nach Wegen, um unser Zusammenleben zu verbessern. Ins Zentrum stellen wir die Mündigkeit jedes Einzelnen und den zwar viel zitierten, aber leider nur selten gelebten «gesunden

Menschenverstand». Wir alle können und sollen unsere ganz persönliche Farbe in die Gemeinschaft einbringen. Mit der Gründung von gut funktionierenden Gemeinschaften und Nachbarschaften bilden wir kleine gesunde Zellen, die dann hoffentlich auch über unseren Wohnort hinaus Nachahmung finden. Mit den Denkanstößen in der heutigen Tageszeitung möchten wir auch Dich, liebe Leserin, lieber Leser, ermutigen, eigene Schritte in Richtung eines besseren Zusammenlebens zu unternehmen. Im Wissen darüber, dass Du damit einen wertvollen Beitrag leistest, die drohende zwischenmenschliche Eiszeit abzuwenden.

Wir sind überzeugt, dass dies auch für Dich zu einem erfüllteren, sinnvolleren und glücklicheren Leben führen wird. Vielleicht ist Dir bei unserer gestrigen Leerspalten-Aktion bewusst geworden, wie sehr wir alle Teil dieser wohlstandsverwahrlosten Scheingemeinschaft geworden sind. Vielleicht geben Dir die folgenden Überlegungen Mut, eigene erste Schritte zu tun. Damit kämen wir der an sich unumstrittenen Doktrin von Libérté, Egalité und Fratérnité endlich etwas näher.

- Wir schaffen uns gute, kleine Welten und lassen uns durch Ohnmacht gegenüber der großen Welt nicht entmutigen.

- Wir hinterfragen unser materielles Wohlstandsparadies, in welchem wir geistig und seelisch zu verfetten drohen.

- Wir überdenken die Balance von Sein und Haben.

- Wir verzichten auf übermäßigen Konsum, im Wissen, dass wir mit unserem Lebensstil sechsmal mehr verbrauchen als wir zum eigentlichen Leben benötigen würden.

- Wir nehmen es nicht mehr hin, dass beinahe ein Viertel unserer Gesellschaft nur noch dank psychiatrischer Hilfe und Psychopharmaka weiterleben kann.

- Wir wehren uns aktiv gegen die Gefahr, an digitaler Demenz zu erkranken, indem wir die Mitmenschen in die reale Gesellschaft zurückholen.

- *Wir entschleunigen unseren Alltag, leben genügsamer, bewusster und naturverbundener.*

In einem Schlussplädoyer ist Folgendes zu lesen:

Hilf bitte mit, in Deiner Familie, Deinem Freundeskreis kleine gesunde, von Religion und Politik unabhängige Zellen zu schaffen. Jede und jeder kann sich für eine menschlichere Umgebung einsetzen: Lade einen Nachbarn zum Essen ein. Unterhalte einen gemeinsamen Garten, engagiere Dich in einem Non-Profit-Verein und so weiter. Viele kleine solche funktionierenden Gemeinschaften können ein Umdenken im ganzen Land bewirken. Durch unser Leben in einer glücklicheren, gut funktionierenden, aktiven Lebenszelle helfen wir mit, eine bessere große Welt zu schaffen, ganz im Sinne von: «Wie ne große Rägeboge wei mir d Wält umspanne. Jede cha mit sire Farb im Chline schaffe dranne.»

«Erstaunlich», findet Rita. «Wie so ein paar schlaue Sätze einen zum Nachdenken anregen können. Wie träge und bequem wir doch geworden sind! Statt diese «Weltverbesserer» zu belächeln, sollte man es ihnen gleichtun und eigene Ideen zu einem besseren Zusammenleben einbringen. Trotz, oder gerade, wegen unserem ausgebauten Sozialstaat kümmert sich der Einzelne im Grunde auch weniger um seine Verwandten und um Hilfsbedürftige oder Randständige.»

«Du hast schon recht», entgegnet Heiri. «Ich befürchte aber, dass diese Sätze nur Menschen erreichen und berühren, die das Herz eh schon auf dem rechten Fleck haben.»

Diese Bemerkung hätte beinahe wieder zu einer Eskalation geführt. Doch Heiri ergänzt gerade noch rechtzeitig, dass er diese Aktion damit keineswegs verurteilen wolle. Gerade heute, wo solche «Weltverbesserer» verpönt sind, braucht es sie am meisten! Ein antizyklisches Verhalten, oder anders gesagt: Das Schwimmen gegen den Strom hat der Gesellschaft noch nie geschadet, sinniert er.

Schon seit geraumer Zeit drängt es ihn zudem, Rita seinen Verdacht auf die Urheberschaft dieser Texte mitzuteilen – das riecht förmlich nach den Ideen Jürg Blasers alias *Revolutionär*, der ein Millionenvermögen erwirtschaftet hat und inkognito in der Psychiatrischen Klinik Aarberg als Weltverbesserer agiert –, doch er lässt es sein. Rita würde mir sowieso nicht glauben, und das Reizwort Wendy würde die versöhnliche Stimmung innert Sekundenbruchteilen wieder zerstören. Es erstaunt ihn ein wenig, dass Rita nicht fragt, welch riesige Geldsumme es die «Humanisten» gekostet haben muss, zwei Ausgaben des «Bieler Tagblatts» für ihre Aktion benutzen zu dürfen. Dass der Zeitungsverlag einverstanden gewesen sein muss, die nicht unpolitischen Texte anstelle von bezahlten Anzeigen zu publizieren, kann sich selbst Heiri nicht erklären. Vor allem Zeitungsverlage haben doch größte Mühe, wirtschaftlich zu überleben und verzeichnen seit Jahren einen erheblichen Inserateschwund. Eine Zeitung finanziert ihre redaktionellen Beiträge hauptsächlich mit Inseraten und nur zu einem kleineren Teil aus dem Abogeschäft, weiß Heiri.

Aber ihm ist momentan nicht nach Diskussionen zumute, die Ritas inzwischen wieder gute Laune zum Kippen bringen könnten, und so meldet er sich stattdessen spontan zum Küchendienst. Rita entschließt sich, die Textteile auszuschneiden und ins Gästebuch, eine Art Bordbuch, das einladend auf dem Sekretär liegt, einzukleben. Natürlich nicht ohne noch eigene Gedanken darüber anzufügen. «Das ist ja eine wahre Doktorarbeit!», wird Heiri am Ende der Ferien teils bewundernd, aber auch etwas kopfschüttelnd feststellen.

Beim Kochen drehen sich jedoch seine Gedanken längst wieder um seinen Fall. Wendy ist also bereits hier! Es gilt nun absolut keine Zeit zu verlieren, sonst entwischen mir die beiden mit dem Segelboot! Irgendwie muss ich ein Auslaufen verhindern. Am besten hefte ich mich wohl Wendy an die Fersen. Morgen muss ich mich unbedingt in ihrem Zelt umsehen. Irgendwo müsste es doch Hinweise auf die geplante gemeinsame Flucht geben. Der gesichtete Koffer ist ein erstes Indiz. Dass sie einen Segelkurs besucht, wohl ein weiteres. Schade nur, dass Wendy und auch Lars nun bestimmt von meiner Anwesenheit wissen und sich ausmalen können, dass ich weiter gegen sie ermittle.

Der Abend verläuft dann in geordneten Bahnen. Heiri kann sich auch erklären und Rita ausreden, dass er seine Rückenschmerzen nur simuliert habe. Er bekundet auch sein durchaus vorhandenes Interesse am Segeln und verspricht ihr, das Verpasste in einem Segelkurs auf dem Bielersee nachzuholen.

«Damit wir nach unseren Pensionierungen dem selbstgemachten Altenstress, dem so viele unserer Bekannten verfallen, entfliehen können!», meint er trocken.

16

Kaum hat Rita am nächsten Morgen die Wohnung verlassen, sucht sich Heiri in den Schränken seines Schwagers eine Verkleidung zusammen. Ich muss mich in einen Campingwart verkleiden, der zum Beispiel die Wasserleitungen zu den einzelnen Campingparzellen kontrolliert, oder die Müllsäcke einsammelt. Er findet ein paar Accessoires seines Schwagers, unter anderem eine rote Ferrari-Schirmmütze. Aus dem Auto werde ich noch die Leuchtweste holen, denkt er. Bevor er jedoch die Ferienwohnung verlässt, beobachtet er mit dem Feldstecher die Segelvorbereitungen am Strand. Tatsächlich erspäht er umgehend auch seine Frau und Wendy, die ihre Jolle bereits ins Wasser schieben.

Bei genauerem Hinsehen entdeckt er unter den zuschauenden Strandspaziergängern auch einen Mann und zwei Buben, die bereits in Badehosen herumstehen. Höchstwahrscheinlich Hemund mit den Jungs, vermutet Heiri. Um sicherzugehen, werde ich dies aber wohl besser noch überprüfen. Er schließt und verriegelt alle Fenster und Türen der Terrassenwohnung und geht die Treppen runter zu seinem Wagen. «Das glaube ich nun aber nicht!», stöhnt er laut auf, als er die zwei zerstochenen Hinterreifen seines Autos sieht. «Diese Schweine!» Oder stecken gar Lars und Wendy dahinter? Heiri flucht, was das Zeug hält. Im Wissen, dass es keine Zeit zu verlieren gilt, holt er das Fahrrad seines Schwagers aus dem Keller und radelt hinunter zum Meer. Kurze Zeit später befindet er sich schon auf der kleinen Strandstraße, von wo er den breiten Sandstrand überblicken kann. Da um neun Uhr dreißig noch wenig Badefreudige auszumachen sind, entdeckt er gleich die drei gesuchten «Hemünder», die sich mit Fußballspielen vergnügen. Draußen auf dem Meer ist die ganze Segelklasse mit Absolvieren eines Dreieckskurses beschäftigt. Ein idealer Zeitpunkt, um mich ein wenig in ihrem Zelt umzusehen, denkt Heiri und fährt zur Rezeption des Campingplatzes. Dort gibt er sich als Freund der Familie Hemund aus. Die nette Demoiselle reicht ihm einen Plan und erklärt ihm den Weg zur gesuchten Parzelle.

Drei Minuten später kommt ein in einen Campingangestellten verwandelter Kommissar aus dem WC-Häuschen und macht sich auf die Suche nach dem Familienzelt. Tatsächlich ist das Zelt der Familie Hemund verwaist, und auch auf den benachbarten Parzellen ist niemand zu Hause. Viele werden heute Donnerstagmorgen auf dem Wochenmarkt in Le Lavandou vorne sein, überlegt Heiri und öffnet den Reißverschlusseingang. Das Zelt hat eine linke und eine rechte Schlafkammer. Dazwischen steht ein Tisch mit vier Campingstühlen. Am Zeltgestänge der Rückwand hängt ein plakatgroßes Hochzeitsfoto der Hemunds. Im untersten Drittel steht in großen Lettern geschrieben: DER HERR IST BEI UNS und BIS DASS DER TOD UNS SCHEIDET. Auf einem Gestell brennt zudem eine Kerze.

Wahnsinn!, denkt Heiri. So etwas ist doch nicht normal! Er sieht sich die beiden jeden Morgen und jeden Abend vor diesem Zeltaltar ewige Treue schwören. Ein lautes Geräusch aus der rechten Schlafkammer lässt Heiri zusammenfahren. Sein erster Gedanke ist Flucht. Es ist jemand in der verschlossenen Schlafkammer. Doch das Geräusch wiederholt sich, und Heiri erkennt darin ein Handyklingeln. Das Handy ist unschwer zu orten. Hastig öffnet er die Schlafkammer und findet das iPhone in einer Trainerhose. Der Klingelton hat unterdessen ausgesetzt. Dies muss Wendys Handy sein, denkt Heiri aufgeregt und beginnt, die Anrufliste zu durchstöbern.

Was für ein Glücksfall! Rasch entdeckt er das intuitiv Gesuchte. Es gibt nämlich einen verdächtigen Adressaten «ptilou». Petit loup – kleiner Wolf? Tönt eher nach einem Kosenamen als nach einem Übernamen für einen Erpresser oder Vergewaltiger, denkt Heiri etwas irritiert. Kommt Zeit, kommt Rat. Rasch leitet der Kommissar die verdächtigen Kurzmeldungen auf sein eigenes Handy weiter. So kann ich mir die Meldungen dann in aller Ruhe ansehen, denkt er freudig erregt. Aber jetzt nichts wie verschwinden, denn Gottes Auge sieht alles. In solch sphärische Gedanken vertieft, sieht er den Heiligen Vater Hemund schon übers Meer wandelnd und dem Zelt zuschweben...

Heiri hat sich bereits rund zehn Meter vom Zelt entfernt, als ihm vor Schreck fast das Herz in die Hosen fällt. Auf dem Campingweg kommt ihm doch tatsächlich die ganze Familie Hemund entgegen. Hemund trägt seinen schreienden und jammernden jüngeren Sohn, der sich den Fuß hält, auf den Schultern. «Wegen diesem eingetretenen Seeigel hättest du mich wohl nicht gleich aus dem Segelkurs holen müssen!», schimpft sie völlig aufgebracht mit ihrem Mann. «Warum habt ihr euch nicht einfach auf dem Sanitätsposten des Campingplatzes gemeldet, verdammt nochmal?»

Mit etwa zehn Metern Rückstand folgt den dreien auch noch der ältere Sohn, der sich lauthals beschwert, dass er nicht allein habe weitertauchen dürfen.

Eigentlich also doch eine ganz normale Familie, denkt Heiri, der sich mangels Fluchtmöglichkeit pro forma am nahen Kehrichteimer zu schaffen macht. Schon will er heimlich frohlocken, als die Familie immer noch wild gestikulierend an ihm vorübergeht, doch wie aus dem Nichts spricht ihn Wendy plötzlich an: «Na, haben Sie einen lukrativen Ferienjob angenommen, Herr Kommissar?»

Heiri fährt zusammen. «Comment?», antwortet er noch halbherzig, um dann die Sinnlosigkeit seines Vorhabens einzusehen. «Ist man also nirgends mehr sicher vor Ihnen?», doppelt Wendys Ehemann nach und stellt seinen jammernden Jüngsten auf den Boden.

Kurz denkt der Kommissar daran, einfach abzuhauen. Doch dazu ist es nun definitiv zu spät, denn Robert Hemund hat ihn mit eisernem Griff am Arm gepackt. «Sie werden uns nun ins Zelt begleiten und uns ein paar Fragen beantworten, Herr Camping-Platzwart. Hier herrschen nun nämlich umgekehrte Vorzeichen. Sie werden von mir zum Verhör gebeten, Sie elender Schnüffler! Verstanden?!», herrscht er Heiri an.

Der Kommissar fühlt sich wie ein Junge, der etwas ausgefressen hat und sucht krampfhaft nach Ausreden. Der erzürnte Hemund lässt ihn jedoch vorerst gar nicht zu Wort kommen. «Falls Sie nicht kooperieren, werde ich Sie via Zeltplatzleitung der Gendarmerie übergeben!», droht er. «Glauben Sie mir, als ehemaliger Securitas-Angestellter weiß ich sehr wohl, welche Rechte mir zustehen und welche gesetzlichen Grenzen Sie als suspendierter Kriminalbeamter einzuhalten hätten!» Ohne groß zu überlegen muss Heiri ihm in diesen Punkten zustimmen und schweigt. Gespannt wartet er darauf, was jetzt geschehen wird. Zum Glück habe ich ihnen nichts entwendet, denkt er. Der Datenklau wird wohl noch unentdeckt bleiben, und Wendy hat sicher kein Interesse, ihren Kontakt zum *petit lou* vor ihrem Ehemann auffliegen zu lassen. Wendy hat ein Sanitätsetui aus dem Auto geholt und sich mit der Pinzette an den abgebrochenen Seeigelstacheln im Fuß ihres Kleinen zu schaffen gemacht.

«Sie verstehen sicher, dass ich Sie einer Leibesvisitation unterziehen muss!», herrscht Hemund ihn an. Heiri lässt dies ohne Widerstand über sich ergehen. «Und nun bitte ich Sie zum Verhör. Nehmen Sie Platz!», befiehlt Hemund weiter.

Wieder dieser Blick, denkt Heiri, als Hemund den Platz vis-à-vis eingenommen, ihn mit seinen stahlblauen Augen fixiert hat und sein Plädoyer beginnt. «Der Herr wird Sie richten, Herr Weber. Unser Herrgott lehrt uns, Gnade zu üben. Wenn Sie uns hier und jetzt hoch und heilig schwören, Ihre Ermittlungen gegen uns endgültig einzustellen, würde ich von einer komplizierten und bürokratischen Anzeige absehen und Sie springen lassen. Wir haben mit Ihrem Aarberger Mordfall definitiv nichts zu tun. Wie sonst hätte Ihr Ermittlernachfolger uns in die Ferien fahren lassen?! Als gläubiger Christ schwöre ich hiermit nochmals, den Mord nicht begangen zu haben. Mehr können Sie nicht von mir verlangen.»

Wohlweislich widerspricht ihm Heiri nicht. Die Wahrscheinlichkeit, dass Wendys ahnungsloser Ehemann am Mord beteiligt war, ist aufgrund der letzten Entwicklungen sehr gering, denkt er. Ganz anders verhält es sich hingegen bei Wendy! Um ihre

Geheimnisse auf den Tisch zu bringen, ist nun jedoch wirklich der falsche Zeitpunkt, weiß Heiri. Deshalb dankt er Hemund für seine Nachsicht und wünscht der Familie noch schöne ungestörte Sommerferien. Mit einem schwer zu deutenden Blick nickt ihm Wendy zu. Ihr ist es wohl ähnlich gegangen wie mir, denkt Heiri. Sie möchte nicht noch mehr Schaden anrichten und ist froh, dass ich sie mit ihren Plänen nicht verpetzt habe. Sicher würde ein Techtelmechtel mit Lars oder so bei ihrem Moralapostel sehr schlecht ankommen. Heiri ist sichtlich erleichtert, dass er dieser verlogenen und höchst explosiven Familienkonstellation heil entfliehen kann. Schnell bringt er auf seinem Fahrrad möglichst viel Abstand zwischen sich und dieser heilen Welt. Ein wenig stolz ist er schon über die innere Ruhe, mit der er Hemund diesmal begegnet ist und ihn so fast ein wenig ins Leere laufen ließ. Wenn der wüsste!, ist sein letzter Gedanke, bevor er vom Rad steigt.

Dabei fällt sein Blick unweigerlich auf seinen ramponierten Renault. Beinahe hätte ich ihn vor lauter Abenteuer vergessen, konstatiert Heiri mit Schrecken. «Ils sont vraiment foux!», hört er seinen aufgebrachten Feriennachbarn schimpfen, der offensichtlich gerade vom Einkaufen heimgekehrt ist. Er teilt die Empörung und zeigt sich sehr hilfsbereit.

«Misch aben sie vor zwei Jahre vom geparkte Peugeot alle vier Roux gestohle! Wenn Sie wollen, fahre isch Sie zur Renault-Garage, damit Sie dort zwei neue Pneus kaufen können. Dans une heure?» Heiri freut sich über die freundlich angebotene nachbarschaftliche Hilfe und nimmt diese gerne an. Eine Anzeige gegen Unbekannt bringt wohl nicht viel, denkt er und fotografiert die zerstochenen Hinterräder als Korpus Delikti für seine Versicherung. Die Versuchung ist groß, gleich in die SMS von Wendy reinzuschauen, doch Heiri bringt zuvor sein Fahrrad in den dreifach verriegelten Kellerraum.

17

In gespannter Erwartung steigt er hastig die über vierzig Treppenstufen hoch. Außer Atem lässt er sich in den erstbesten Stuhl fallen, um sogleich die erste auf sein Handy weitergeleitete SMS zu öffnen:

Alarm! Kommissar Weber ist hier! Er hat meine Tante in Favière besucht. Er hat sie ausgefragt. Ich verfrachte Madame de la Fosse morgen Nachmittag zu ihrer Verwandten ins Hinterland. Dort wird er sie niemals mehr finden. Gut, dass wir morgen um Mitternacht verschwinden. Das Schiff ist eigentlich schon startklar. Sei vorsichtig. Er wohnt in einer Ferienwohnung nur etwa zwei Kilometer von eurem Camping entfernt.

Die Antwort-SMS von Wendy, die sie laut Zeitangabe gestern Abend verschickt hat, lautet:

Alles klar. Stell dir vor, ich war sogar schon in seiner Ferienwohnung. Rita, seine Frau, ist nämlich meine Segelpartnerin. Ich glaube, sie hat noch nicht gecheckt, mit wem sie im selben Boot sitzt! Der Weber war mit seinem Wagen unterwegs. Die ahnungslose Rita hat mir erzählt, er habe vorgestern in Saint-Tropez ein Boot mit der Aufschrift Venus vo Bümpliz entdeckt und sei seither wieder vom Ermittlungsfieber infiziert. Er sehe überall Verdächtige usw. Es wäre deshalb besser, wenn du das Boot bis zu unserer Flucht verstecken könntest und selber untertauchst. Werde Rita morgen ausfragen, um mehr über die Ermittlungen ihres Mannes zu erfahren…

Die weiteren SMS wurden erst heute Morgen übermittelt, wie sich unschwer feststellen lässt.

Liebe Wendy – ich sterbe fast vor Sehnsucht nach dir! Bin froh, dass dein Mann noch keinen Verdacht geschöpft hat. Habe das Boot umgespritzt und umplatziert und selbstverständlich die SCB-Flagge verschwinden lassen. Werde noch versuchen, den Ferrari zu verschachern, damit wir ein wenig Reisegeld haben. Hast du die Koordinate für unseren Treffpunkt noch? Gleich hinter eurem Camping beginnt der steinige Fußpfad, der dich auf die andere Seite der Halbinsel führen wird. Du wirst rund eine Stunde gehen müssen. Der Mond wird dir den Weg weisen. Der kleinen Sandbucht vorgelagert ist das Fort Brégançon. Machs gut, mon amour

———

Mon p'tit-lou, es fällt mir schwer, ruhig zu bleiben. Werde mir aber nichts anmerken lassen und den Segelkurs ordnungsgemäß besuchen. Habe schon einiges gelernt und werde dir ab Mitternacht auf dem Boot zur Hand gehen können. Den Weg habe ich mir mit der Karte genauestens eingeprägt. Würde ihn wohl auch ohne Vollmondlicht finden… Das Handy lasse ich heute Abend, wie du mir geraten hast, noch irgendwo verschwinden, damit uns die Polizei auf dem Boot nicht noch orten kann. Hoffe, dass uns Kommissar Weber nicht noch ein Schnippchen schlägt. Ihm ist so einiges zuzutrauen… Ich liebe dich. Deine Venus.

Ein Gemisch aus Staunen, Verwirrung, aber auch Hoffnung, seinen Fall doch noch lösen zu können, macht sich beim Kommissar breit. Zeit für eine gründliche Analyse bleibt mir nicht, weiß er. Ich muss den Strohhalm packen und versuchen, die beiden heute Nacht zu stellen. In Eile überfliegt er die letzte übermittelte SMS, die von Silvia Möri stammt, nur flüchtig. «Also doch», murmelt er, als er hastig die Wanderkarte der Gegend aus dem Büchergestell holt. Es fällt ihm nicht schwer, die kleine Bucht mit dem vorgelagerten, auf einer kleinen Insel liegenden *Fort de Brégançon* zu finden. Der Schwager hat ihm vor Jahren erzählt, dass sich dort die Ferienresidenz des französischen Präsidenten befinde, erinnert er sich. Und richtig, es gibt einen Verbindungsweg vom Campingplatz bis zur besagten Robinsonbucht. Allerdings führt der über eine gut zweihundert Meter hohe Krete. Wendy wird also wohl deutlich mehr als eine Stunde unterwegs sein. Von einer früheren Velotour her kennt Heiri die Rückseite der Halbinsel. Sie ist naturbelassen und praktisch unbewohnt. Drei Weingüter teilen sich das urban gemachte Land. Die Bergflanken sind bewaldet mit knorrigen Korkeichen und anderen mediterranen Baum- und Pflanzenarten. Der Krete entlang führt eine sandige Schneise, welche die Feuerwehr zur Waldbrandbekämpfung nutzt. Heiri erinnert sich an die Wildschweinfamilie, die ihnen vor drei Jahren dort oben auf einer Wanderung den Durchgang versperrt hat.

Wendys Nachtwanderung ist also nicht ohne, denkt er, als er auf der Karte einen kleinen Weiler entdeckt, der sich nur knapp zwei Kilometer von der Bucht entfernt befindet. *Les Palmiers*, liest er. Wo habe ich dies kürzlich schon mal gelesen?, fragt er sich. Ah, richtig, im Büchlein, in dem die Schwägerin Tipps für Ausflüge, gute Restaurants und so weiter für ihre Feriengäste notiert hat. Ohne lange suchen zu müssen, entdeckt er die eingeklebte Postkarte, auf der fein gedeckte Tische in einem terrassierten Palmengarten mit Blick aufs Meer zu sehen sind. Die Adresse und Telefonnummer des empfohlenen Speiserestaurants sind darauf vermerkt. Rasch greift Heiri zum Telefon. Er hat Glück und kann für heute Abend zwei Plätze reservieren. Längst hat er seinen Plan gefasst. Wir werden mit unserem bis heute Abend geflickten Auto via die kleine Passstraße bis zum Palmiers gelangen, dort fein essen und nachher auf einem romantischen Mondspaziergang zur Robinsonbucht gelangen.

18

Der Nachmittag ist voll durchprogrammiert. Zuerst die zerstörten Räder abmontieren – mit dem Nachbarn zur Renault-Garage fahren – warten, bis die zwei neuen Reifen auf die Felgen montiert sind; unterdessen Blumen und ein Dankesgeschenk für den Nachbarn kaufen – zurückfahren – Räder montieren und so weiter. Zufrieden konstatiert Heiri, dass sein lädierter Rücken auch wieder viel besser mitmacht.

Ein angespannter, aber mit sich zufriedener Heiri überrascht die heimkehrende Rita gar mit einer wahren Charme-Offensive. Er entschuldigt sich mit dem Rosenstrauß bei ihr für sein ruppiges Benehmen in den letzten Tagen und offenbart ihr das wunderbar geplante Abendprogramm. Selbstverständlich erwähnt er die wahre Absicht dieses Ausfluges mit keinem Wort. Rita zeigt sich überrascht und ein Stück weit auch gerührt. Der Zeitpunkt kommt ihr jedoch etwas ungelegen. «Hoffentlich wird es nicht allzu spät heute Abend, denn morgen haben wir unsere Segelprüfung!», bemerkt sie sichtlich besorgt.

Diese Reaktion gibt Heiri einen Stich ins Herz. Diese Antwort hätte sie mir ersparen können, denkt er enttäuscht. Für alle und alles findet sie Zeit und Energie, außer für mich, denkt er missmutig.

Als hätte sie seine Gedankengänge erraten, sucht sie sofort nach versöhnlichen Worten: «Ich freue mich! Herrlich, diese Rosen! Danke! Kannst du mich, bevor wir losfahren, etwas abfragen? Anschließend werde ich mich für dich schön machen, mein Lieber», sagt Rita und gibt ihm einen flüchtigen Kuss.

Um zwanzig Uhr erreichen sie das idyllisch gelegene Restaurant. «Was will man immer in die Karibik fliegen», bemerkt Rita angesichts dieser paradiesischen Anlage begeistert.

Heiri ist weniger entspannt. Von Minute zu Minute wird er nervöser. Beim Essen schaut er immer wieder auf seine Uhr. Am meisten plagt ihn die Frage: Hätte ich Rita nicht besser von Anfang an auf unser bevorstehendes Abenteuer vorbereiten und einweihen müssen?! Sicher wird sie meine Geheimnistuerei nicht einfach schlucken!

Immer klarer wird ihm jedoch die Art, wie er Wendy und Lars an der Abreise hindern würde: Wendy werde ich überraschen und ihr die mitgebrachten Handschellen anlegen. So werde ich Lars zwingen, an Land zu kommen, denn er wird seine Geliebte mit Bestimmtheit befreien wollen und nicht ohne sie abhauen.

Mitten im Grübeln schlägt Ritas Frage wie ein Blitz ein: «Und was führst du eigentlich im Schilde? Bist du immer noch hinter Wendy her? Du verheimlichst mir doch etwas. Deine Charme-Offensive und unser Tête-à-Tête hat doch bestimmt etwas mit deinen Ermittlungen zu tun, stimmts? Willst du mir nicht endlich reinen Wein einschenken?»

Es vergehen ein paar Sekunden, bis Heiri Worte findet; zu überraschend kamen diese Fragen. Schließlich antwortet er, um etwas Zeit zu gewinnen, mit einer Gegenfrage: «Hat Wendy gepetzt, oder hast du mich wieder mal durchschaut?! Es gelingt mir also auch mit waltender Vorsicht nicht, etwas vor dir geheim zu halten. Wie gesagt, wollte ich dich aus dem Ganzen heraushalten. Es wäre mir wahrscheinlich auch gelungen, wenn nicht ausgerechnet meine Hauptverdächtige deine Segelpartnerin geworden wäre.»

Und nun sprudelt es nur so aus Heiri heraus. Er erzählt Rita von seinen Ermittlungen hier vor Ort und der unglaublichen Schicksalsgeschichte der Flückiger-Zwillinge. Insbesondere spricht er aber über die verzwickte Situation.

«Ich stehe immer noch vor einem großen Rätsel, wer den Mord begangen hat. Obwohl die geplante Flucht der beiden Verliebten meinen Verdacht erhärtet, ist mir die Beziehung von Wendy und Lars unverständlich. Ist es möglich, dass Wendy sich von Lars derart täuschen ließ?! Jetzt hoffe ich, heute Nacht Antworten auf meine Fragen zu finden und möchte deshalb Wendy den Gang aufs Schiff verwehren. Bitte verzeih mir, dass ich uns den schönen

Abend vermiese. Ich kann einfach nicht anders. Erst wenn Klarheit herrscht, werde ich Ruhe finden. Ich verspreche dir, die jetzigen, von mir vermasselten Ferien baldmöglichst nachzuholen. Ich beschäftige mich zudem ernsthaft mit dem Gedanken an eine Frühpensionierung.»

Nun ist es an Rita, erst einmal leer zu schlucken. Sie reagiert dann äußerst rücksichtsvoll. «Da steht uns heute Nacht noch eine delikate, nicht ungefährliche Mission bevor. Aber sag, welchen Part hast du mir zugedacht? Soll ich Wendy ein Theater vorspielen, um sie aufzuhalten, oder wie genau hast du dir das Ganze Szenario vorgestellt? Ist es nicht zu gefährlich für uns? Du kannst ja keine polizeiliche Hilfe anfordern, nicht wahr?»

Bis zum Aufbruch um elf Uhr besprechen die beiden das Vorgehen und die möglichen Gefahrenpunkte ihres Vorhabens. «Und wenn Lars bewaffnet ist, uns damit in Schach hält, um dann mit Wendy zu verschwinden?», fragt Rita ängstlich.

«Dieses Risiko müssen wir eingehen. Doch wenn das eintrifft, werden wir sie ganz einfach fliehen lassen. Für mich käme dies einem Geständnis gleich. Der Fall wäre gelöst, auch wenn die Täter nicht gleich gefasst würden, verstehst du? Unser Ziel kann es nicht sein, sie gefangen zu nehmen und zu überführen, denn dazu hätte ich in meiner Position überhaupt kein Recht, und das wissen die beiden. Ich habe jedoch trotzdem ein gutes Gefühl und bin der Meinung, dass heute Abend niemand als Verlierer vom Platz gehen wird.»

«Hoffentlich hast du recht!», erwidert Rita mit leicht zweifelnder Stimme. «Ich habe Angst und fühle mich als Verräterin Wendy gegenüber. Hoffentlich wird sich herausstellen, dass du sie zu Unrecht verdächtigst.»

Mit jedem Schritt, mit dem sie sich der Bucht nähern, steigt die Spannung. Sie wagen schon gar nicht mehr, miteinander zu sprechen. Das Mondlicht lässt die kulissenhafte Landschaft geheimnisvoll, irgendwie scherenschnittartig, erscheinen. Von der Anhöhe der von einzelnen Pinien bewaldeten Düne erkennen sie die Segeljacht, die mitten in der meerwärts fast geschlossenen kreisförmigen Bucht vor Anker liegt.

«Bingo, dass müsste er sein», flüstert Heiri seiner Frau zu, als ein lautes: «Maaarc, ich bin schon da!», die geheimnisvolle Stille durchschneidet.

Rita und Heiri fahren zusammen und schauen sich fragend an, wobei sie fast weniger die Tatsache, dass Wendy schon hier ist, als der Name *Marc* überrascht.

«Komm!, flüstert Heiri und stürzt die Böschung runter. Es fällt ihm nicht schwer, die am Ufer stehende und dem Boot zugewandte Wendy von hinten zu überraschen. Heiri packt sie, wirft sie unsanft zu Boden und legt ihr die mitgebrachten Handschellen an.

«Entschuldigen Sie, aber es geht nicht anders, Frau Hemund», sagt er der zu Tode erschrockenen und nach Atem ringenden Wendy. «Es ist besser für Sie, wenn Sie jetzt kooperieren und genau das tun, was ich von Ihnen verlange. Kommen Sie!»

Noch bevor Rita die beiden erreicht, zieht er Wendy in ein Versteck in Form einer kleinen Felsgruppierung. Optimal, denkt Heiri. Hier kann er uns trotz Vollmondlicht nicht sehen, ich hingegen kann die ganze Bucht überblicken.

«Ich komme!», ruft Marc in freudiger Erwartung, und man sieht, wie er sich ins kleine Beiboot setzt und dem Ufer zu rudert.

Wendy hat Mühe, sich vom großen Schock zu erholen. Innert Sekunden ist ihr genialer Plan gescheitert. Soll ich Marc raten, allein zu flüchten, ihn warnen und so verhindern, dass er diesem Scheißkerl von Kommissar auch noch ins Netz geht?, überlegt sie kurz. Doch vorerst wird sie durch das Auftauchen von Rita etwas abgelenkt.

«Hast du mich verraten, du fieses Stück?!», faucht sie Rita entgegen und spuckt in ihre Richtung.

«Lassen Sie meine Frau aus dem Spiel», sagt Heiri in gedämpftem, aber strengem Ton. «Rita hatte bis vor Kurzem noch keine Ahnung, was hier abläuft. Ich habe mir erlaubt, Ihre SMS zu lesen, und deshalb sind wir hier.»

«Bitte, verstehe mich doch!», bemerkt Rita. «Wie willst du mit der Schuld, jemand umgebracht zu haben, innerlich zur Ruhe kommen?»

«Ich habe dieses Schwein nicht getötet!», entgegnet ihr Wendy.

«Dann fliehst du heute Nacht nur aus Liebe zu Marc aus deinem bisherigen Leben?! Das können wir dir schlichtweg nicht glauben. Und wie kommt es, dass der tote Marc hier auftaucht? Offensichtlich ist er der Mörder. Er hat seinen bösen Bruder Lars umgebracht, nicht wahr?»

«Es war ein Unfall, verstehe doch, ein schrecklicher Unfall!» Wendy fällt förmlich in sich zusammen und beginnt herzzerreißend zu weinen.

Welch eigenartige Situation, denkt Heiri. Meine Frau löst gerade meinen Fall und ich sitze daneben und beobachte den näher kommenden Mörder, der mir ahnungslos in die Falle geht. Wie wird er reagieren, wenn er mich erkennt?

Als Marc praktisch am Ruder angelangt ist, überrascht ihn Rita ein zweites Mal. Sie rennt auf Marc zu und ruft: «Rasch, kommen Sie, Ihrer Frau ist etwas passiert.»

Marc beeilt sich, aus dem Gummiboot zu springen und rennt auf die ihm unbekannte Rita zu. «Wo ist sie?», fragt er besorgt. «Was ist geschehen? Wer sind Sie?»

In dem Moment kommt Heiri mit seiner Geisel aus dem Versteck. «Guten Abend, Herr Flückiger. Hier ist Ihre Venus. Sie ist bei mir in sicheren Händen und hat soeben ein Geständnis abgelegt», blufft er. «Es ist wohl in unser aller Interesse, wenn wir uns einmal in Ruhe aussprechen. Finden Sie nicht auch? Es steht Ihnen jedoch auch offen, sich ins Boot zu setzen und allein mit Ihrem belasteten Gewissen zu fliehen.»

Heiri löst zu aller Erstaunen Wendys Handschellen und fügt dann an: «Kommt, wir setzen uns doch besser einen Moment dort drüben ans Lagerfeuer und besprechen die verfahrene Situation.»

Unweit des nun auf Sand liegenden Beibootes hat Heiri tatsächlich eine improvisierte Feuerstelle mit einem noch nicht ganz verloschenen Feuer entdeckt.

Marc ist unschlüssig. Doch ihm ist klar, dass er bei einer Soloflucht Wendy ein für alle Mal verlieren würde. Er geht auf Wendy zu und schließt sie in die Arme. Auch er ist den Tränen nahe. «Ich lasse dich nicht im Stich!», flüstert er ihr zu.

Mit trockenem Schwemmholz und etwas Reisig von den nahen Pinien gelingt es Rita derweil rasch, das Feuer neu zu entfachen. Und so kommt es, dass sich die vier, wie nach einem kindlichen Räuber-und-Polizei-Spiel friedlich vereint um das Feuer setzen. Marc ergreift das Wort als Erster: «Lassen Sie uns doch bitte ziehen, Herr Weber. Es war Notwehr, schauen Sie! Lars hat mich mit einer Geigensaite beinahe zu Tode gefoltert.» Selbst im fahlen, inkonstanten Licht des Feuers sind die tief eingeschnittenen Würgemale an seinem Hals deutlich auszumachen. «Er wollte mich zum Unterschreiben des von einem seiner zwielichtigen Freunde gefälschten Erbvertrages zwingen. Lars hat Paganini schon als Kind gehasst und wollte ihm die Tat bestimmt unterjubeln. Aus diesem Grund hat er die G-Saite benutzt, um mich zu erwürgen. Er war also bereit, aufs Ganze zu gehen und hätte mich umgebracht. Der mitgebrachte Helferhund unserer Tante war mein Lebensretter. Ascot muss meinen Bruder gehasst haben. Instinktiv hat er gespürt, dass Lars der Böse ist und hat ihn im entscheidenden Moment am Bein gepackt. Für Bruchteile einer Sekunde war Lars abgelenkt. Dadurch gelang es mir, ihn mit einem Schulterwurf zu überraschen. Ich bin im Besitz des schwarzen Judo-Gürtels, muss ich dazu erwähnen. Lars fiel unglücklich und prallte mit dem Hinterkopf auf eine Bettkante. Er lag benommen am Boden, als Wendy, vom Hundegebell und Schreien alarmiert, ins Zimmer trat. Sie hatte große Angst um mich, denn sie wusste von der Gewaltbereitschaft meines Zwillingsbruders. Selbstverständlich hatten wir die Masche mit seiner behinderten Cousine längst durchschaut gehabt. Sie müssen wissen, dass Wendy und ich seit rund vier Wochen ein heimliches Paar sind.»

Marc küsst seine Geliebte zärtlich auf die Stirn, bevor er weitererzählt: «Wendy traf mich am Hals blutend und immer noch nach Luft ringend an. Ascot winselte, wie wenn man ihm etwas angetan hätte, und am Boden lag diese regungslose Kreatur. Selbstverständlich hätten wir uns schon oft die Inexistenz dieses Monsters gewünscht, doch töten hätten wir ihn nie können. Ich habe in meiner Notsituation viel zu viel Kraft in den Schulterwurf gelegt. Es ging aber auch wirklich um Leben und Tod, verstehen Sie? Ich drohte umgehend zu ersticken. Unter Aufbringung all meiner Kräfte schmetterte ich ihn wohl förmlich zu Boden. Selbstverständlich bin ich mir der Schuld, meinen Zwillingsbruder getötet zu haben, bewusst. Aber er hat mich doch in den Wahnsinn getrieben. Seine ständigen Drohungen und Erpressungen machten mir das Leben zur Hölle. Ich konnte nicht mehr schlafen und hatte im Halbschlaf ständig diese Wolfsträume. Ich kann nicht mehr!» Marc bricht völlig in sich zusammen und beginnt jämmerlich zu schluchzen.

Wendy schließt ihn in ihre Arme. «Der Wolf ist tot, der Wolf ist tot», haucht sie ihm zur Beruhigung ins Ohr.

Plötzlich reißt sich Marc aus der Umarmung. «Ich weiß, verdammt noch mal. Ich habe ihn getötet und werde ihn nun nie mehr los!», ruft er verzweifelt. «Komm, wir flüchten. Ich will nicht in den Knast!»

Marc springt auf und packt Wendy am Arm. Diese macht jedoch keine Anstalten, es ihm gleichzutun.

«Bitte, erzählt mir die Geschichte zu Ende, bevor ihr verschwindet!», wirft der Kommissar ruhig ein. «Vielleicht war es ja tatsächlich ein Unfall und kein Mord. Wie mir scheint, haben Sie aus Notwehr gehandelt, Herr Flückiger. Aber wie bitte kommen diese Würgmale an Lars' Hals? Habt ihr ihn nicht gemeinsam erdrosselt?»

Die Erfahrung warnt Heiri zwar vor voreiligen Schlüssen, doch Marcs Leidensgeschichte, seine ruhige, besonnene Art und sein Ruf als verantwortungsvoller Patron der Druckerei deuten darauf hin, dass dieser die Wahrheit sagt. Seine Flucht wäre eine reine Verzweiflungstat.

Nun schaltet sich Wendy ins Gespräch ein: «Es war eine Horrorsituation, die ich in Marcs Zimmer damals antraf. Zu meiner eigenen Überraschung behielt ich aber einen klaren Kopf. Ich hatte den Geistesblitz mit dem Rollentausch. Ich wollte aber auch sichergehen, dass unser Peiniger ein für allemal aus der Welt geschafft sein würde. Ohne lange zu zögern, packte ich die am Boden liegende, von Marcs Blut verschmierte G-Saite und begann den wehrlosen, vielleicht schon toten Lars damit zu erdrosseln.

Ich handelte wie im Affekt. All mein über Jahre aufgestauter Hass auf diesen brutalen Scheißkerl und Vergewaltiger kam in mir hoch. Der wieder handlungsfähige Marc zerrte mich dann vom toten Lars weg. Zum Glück ließ sich der Hund beruhigen, sonst wäre unsere Tat sicher aufgeflogen. Beim Kleidertausch fiel der Autoschlüssel von Lars' Transporter zu Boden. Schnell war der Plan gefasst, dass Marc, als Cousine verkleidet, als unbekannte und unverdächtige behinderte Person entkommen könne. Marc setzte sich nach dem Kleiderwechsel also in den Rollstuhl und begann zu schreien. Ich schlüpfte wieder in die Rolle der Stationsschwester und alarmierte die Heimleitung und auch gleich die Polizei. Es gelang mir auch, in der allgemeinen Hektik die Mordwaffe in Paganinis Geigenkasten verschwinden zu lassen. Nicht gerade die feine Art, so eine falsche Spur zu legen, ich weiß. Ich war jedoch überzeugt, dass man ihm den Mord nie und nimmer würde nachweisen können. Bitte helfen Sie uns, Herr Weber, helfen Sie Marc! Oder fänden Sie es richtig, wenn er nach all den Qualen, die ihm sein Bruder zugefügt hat, nun noch für Jahre hinter Gitter käme?! Sie sind doch beurlaubt. Niemand würde die Wahrheit erfahren. Der Fall würde ungelöst bleiben. Der Aggressor selbst ist tot. Das Familiendrama ist beendet und hat sich von allein gelöst. Der Wolf hat sich praktisch in den eigenen Schwanz gebissen. Verstehen Sie, Marc wollte sich auf mein Anraten hin selbst in der Klinik in Sicherheit vor seinem Bruder bringen. Deswegen hat er den Schizophrenie-Anfall simuliert.»

«Doch selbst da war er nicht sicher, wie die üble Geschichte uns zeigt», ergänzt Rita, die ungläubig den Kopf schüttelt. «Sag doch etwas! Kannst du ihnen wirklich nicht helfen, Heiri? Lass sie doch einfach davonsegeln, und der Fall ist gelöst.»

«Findest du, findet ihr? Eure Flucht wäre zwar abenteuerlich und wohl auch romantisch, aber glaubt ihr wirklich, eurer Schuld so entfliehen zu können? Wie sieht es in euch in ein paar Wochen oder Monaten aus? Ich glaube nicht, dass ihr als entwurzelte Heimatlose zum erhofften und durchaus auch verdienten Lebensglück finden werdet. Das Gewissen wird an euch nagen. Und wie werden zum Beispiel Ihre Kinder damit umgehen, wenn ihre

Mutter ein für allemal verschollen bleibt? Sie zeigen sich mir beide als feinfühlige, soziale, umsichtige und verantwortungsvolle Menschen. Kurzum, eure Flucht als Befreiungsschlag würde früher oder später zum Bumerang. Und last but not least: Unterschätzt die Polizei nicht! Mein junger ehrgeiziger Nachfolger wird nicht so schnell Ruhe geben. Ich vermute, dass er euch bereits auf die Schliche gekommen ist. Er hat akribisch recherchiert und unter anderem sämtlichen SMS- und E-Mail-Verkehr Ihrer Freundin Silvia abgefangen. Wollt ihr hören, was da Interessantes steht?» Zur Verblüffung der beiden zückt Heiri sein Handy und liest ihnen die entlarvende Nachricht vor:

Liebe Wendy, ich habe deinen Abschiedsbrief in meinem Briefkasten zu Hause gefunden. Schade, dass ich dich nun aufgrund deiner Flucht wohl nie mehr sehen werde. Ich verstehe dich jedoch in deiner Situation voll und ganz. Keine Angst, ich werde dich weder bei deinem durchgeknallten Ehemann noch bei der Polizei verpfeifen. Der junge Kommissar hat sich ganz auf mich eingeschossen. Ihr habt also auf eurer Flucht nichts zu befürchten. Gerne hätte ich erfahren, wer dein Fluchtgefährte und Lover ist. Es ist doch nicht etwa die als alte Frau verkleidete behinderte Cousine, die ich damals sofort als Mann wahrnahm? Hoffentlich wird dich der begangene Mord psychisch nicht zu lange beschäftigen. Mir gab die Einlieferung von Marc, sein Erscheinungsbild, viele Rätsel auf. Aber du weißt, dass ich diese Person eh zu fest hasste, um sie therapieren zu können. Vielleicht kannst du mir, sobald du in Sicherheit bist, etwas vom Geheimnis um Marc preisgeben. Ich glaube, ich würde sonst ewig nach Erklärungen suchen. Machs gut! Deine dich immer liebende Silvia

Für einen kurzen Moment bleibt es still in der Runde. «Sollen wir uns also hier auf der Stelle ergeben, Herr Kommissar?», fragt Marc in gereiztem Ton. «Werfen Sie uns gefesselt und geknebelt in Ihren R4 und verfrachten uns noch in dieser Nacht nach Bern? Die Sache wird mir zu blöd! Was geschieht mit unserem Boot?» Zu Wendy gewandt redet er weiter: «Dein Mann wird uns lynchen, wenn er von unserer Beziehung und der schrecklichen Tat erfährt. Anstelle des erlegten Wolfes schlüpft dann ein selbstgerechter Scheinheiliger in die Rolle des Verfolgers und Rächers. Nein danke!»

«Ich verstehe Sie und ihre Gefühlsschwankungen. Mein Vorschlag zielt ganz auf eure Eigenverantwortung. Tatsache ist, dass Sie in Notwehr gehandelt haben und der tödliche Aufprall unbeabsichtigt geschehen ist. Mit Ihren Wunden am Hals, der Postkarte mit den Drohungen und Ihrer ganzen Lebensgeschichte müsste es gelingen, mildernde Strafumstände zu erwirken. Will heißen: Sie müssten höchstens ein, zwei Jahre hinter Gitter – wenn überhaupt –, und auch für Sie, Wendy, würde das Strafmaß unter Berücksichtigung der gegebenen Umstände recht gering ausfallen. Aus diesem Grunde rate ich euch, möglichst rasch zurückzukehren und in Bern ein Geständnis abzulegen. Wenn ihr, sagen wir nächsten Montag um 10 Uhr in meinem Büro am Waisenhausplatz bei meinem Stellvertreter erscheint und meinen Rat befolgt, könnt ihr im späteren Verfahren auf meine Hilfe zählen.»

Heiris Worte verfehlen ihre Wirkung nicht. Marc, eben noch gewillt, die Chance zur Flucht zu nutzen, scheint unschlüssig zu sein. Er schaut Wendy fragend an, und die erwidert seinen Blick mit einem vieldeutigen Kopfnicken.

«Es ist schon spät, und ihr habt morgen eure Segelprüfung, nicht wahr, Schatz!», wendet Heiri sich an Rita. «Zeit also, unsere Lagerfeuerromantik aufzuheben. Ihnen, Wendy, würde ich noch anbieten, Sie bis zum Zeltplatz in unserem Wagen mitzunehmen.»

«Danke, aber ich glaube, Marc und ich müssen heute Nacht noch einiges bereden. Verstehen Sie?!»

«Absolut, hoffentlich zieht ihr für euch die richtigen Schlüsse. Ich wünsche euch viel Glück dabei! Komm Rita!»

Vom Gang der Dinge halb benommen schüttelt diese ungläubig den Kopf. Wortlos, aber umso inniger schließt sie Wendy zum Abschied in ihre Arme, wünscht den beiden alles Gute und folgt dann ihrem Mann zum Wagen.

«Eine verrückte Geschichte! Einen solch emotionalen Mondspaziergang habe ich beileibe noch nie erlebt. Du warst großartig, Heiri!»

Dieser antwortet mit einem Lächeln. «Du auch! Leider müssen wir nun aber schon übermorgen die Ferien abbrechen, um rechtzeitig zum großen Showdown in Bern zu sein! Ich verspreche dir aber, diese Ferien am Strand liegend und Krimi lesend nachzuholen, hm!»

19

Schon um fünf Uhr ist Heiri am Tag der Entscheidung hellwach. Werden Wendy und Marc kommen?, fragt er sich, oder haben sie sich doch anders entschieden und sind längst über alle Berge? Die Versuchung ist sicher groß gewesen, dem bisherigen Leben definitiv den Rücken zuzukehren und zu entfliehen. Immer wieder nörgelt Heiri an seinem Plan herum. Das schlechte Gewissen plagt ihn! Der Grund dafür ist Laura. Sie wird sich von mir zu Recht hintergangen fühlen! Ich habe sie definitiv im Stich gelassen und ihr keine Hinweise auf die erstaunlichen Entwicklungen unseres Falles gegeben. Diese Gedanken lassen ihm keine Ruhe. Wenigstens über die geplante Überraschung von heute Morgen muss ich sie ins Bild setzen, um Schlimmeres zu verhindern, wird ihm bewusst. Daher greift er ungeachtet der frühen Morgenstunde zum Telefon.

Seine entschuldigenden Worte zum frühmorgendlichen Anruf und seiner Heimlichtuerei gelingen ihm nicht so ganz. «Ich will und wollte einfach nicht, dass Boselli und der Polizeipräsident etwas von meinen verbotenen Recherchen erfahren, verstehst du?», versucht er sich zu rechtfertigen. «Selbstverständlich weiß ich um deine absolute Loyalität. Danke auch für deine Hinweise zu den Ermittlungen, die du mir schicktest. Sie waren wichtige Puzzlesteine und trugen viel zur Lösung des Falles bei.»

Heiri gibt Laura den Plan mit der Selbstanzeige von heute Morgen bekannt und ist erleichtert, als Laura erwähnt, dass Boselli sie ohnehin für heute Morgen neun Uhr ins Büro bestellt habe. Laura verspricht ihm auch, dass sie Boselli dort bis elf Uhr hinhalten werde.

«Hoffentlich kommen die beiden! Das wird eine Überraschung!», freut sie sich und fügt abschließend noch an: «Danke, ich komme gerne heute Abend zu euch zum Nachtessen. Dann musst du mir aber detailgenau erzählen, was sich in Frankreich alles abgespielt hat, versprochen?!» Selbstverständlich ist Heiri einverstanden. Leider werde ich sie dann auch über meine Absicht, mich vorzeitig pensionieren zu lassen, informieren müssen, denkt er etwas wehmütig. Er dankt Laura für ihr Verständnis und setzt sich danach gleich an den Schreibtisch, um ein handschriftliches Gesuch zu seiner Frühpensionierung zu verfassen.

Bereits um halb zehn trifft er am Hauptsitz der Kriminalpolizei in Bern ein und tigert in der Folge aufgeregt im Eingangsbereich des altehrwürdigen früheren Waisenhauses umher. Immer wieder konsultiert er seine Uhr, um dann sogleich wieder in den Hof zu spähen. Ich darf sie keinesfalls verpassen!, denkt er. Die Spannung ist kaum mehr auszuhalten. Hoffentlich gelingt es Laura, Boselli im Büro zu blockieren. Er darf mich auf keinen Fall hier entdecken. Dieser Gedanke schreckt Heiri auf, und er versteckt sich hinter einer dicken Säule. Von hier hat er den Haupteingang im Blickfeld, kann jedoch nicht mehr beobachten, ob sich jemand dem Hause nähert. Obwohl er die Tür schon minutenlang beobachtet hat, fährt er zusammen, als sich die Türklinke bewegt. «Kommt!», zischt er Wendy und Marc zu und führt sie in einen kleinen, düsteren Abstellraum. Statt ihnen Handschellen anzulegen, schließt er zuerst Wendy und dann Marc in seine Arme und bietet ihnen das Du an. Mit hörbar berührter Stimme dankt er ihnen für ihr Kommen. Dann redet er eindringlich auf die beiden ein. Er drückt ihnen einen Zettel mit einer Notfallnummer in die Hand und sagt: «Für alle Fälle. Bitte nicht erschrecken, wenn ihr sie benutzt und sich ein Welscher meldet. Es ist die Nummer eines Freundes, der in Genf lebt. Er würde dann eine Verbindung zu mir herstellen. Seid vorsichtig und, bitte, lasst meinen Namen am besten aus dem Spiel! Wir geraten sonst in große Schwierigkeiten. Erzählt einfach eure Geschichte und wie es zum tragischen Ereignis in der Klinik in Aarberg gekommen ist. Gebt ganz nüchtern eine Selbstanzeige auf, in der ihr auf Notwehr plädiert und erklärt, wie ihr in der Panik beschlossen hattet, mit dem Kleidertausch alle glauben zu lassen, es handle sich bei dem Toten um Marc. Zeig dem Kommissar auf jeden Fall die Würgemale, die Lars dir zugefügt hat. Ich drücke euch die Daumen. Seid nicht enttäuscht, dass ihr mich in den nächsten Tagen nicht mehr antreffen werdet und seid vorsichtig. Haltet die Ohren steif! Und nun geht den Flur entlang und meldet euch im Zimmer 114. Kommissar Boselli wird staunen. Nur Mut! Zum Beweis, dass ich an eure Zukunft glaube, werde ich nun gleich mein Gesuch um frühzeitige Pensionierung in den Direktionsbriefkasten im Flur einwerfen und dann nach Hause gehen. Euer Fall wird mein letzter sein, und ich bin euch sehr dankbar, dass wir ihn in gegenseitigem Vertrauen und in gegenseitiger Achtung lösen konnten. Auch der junge Kommissar wird sein Gesicht wahren können, wenn ihr ihm nichts von unseren Frankreichabenteuern und insbesondere nichts von mir erzählt.»

20

Pünktlich um sieben steht Laura vor der Tür der Familie Weber und überreicht der überraschten Rita einen bunten Blumenstrauß und Heiri ein Päckchen seiner Lieblingszigarren.

«Genial», ruft Heiri erfreut aus, «in letzter Zeit kam ich gar nicht mehr dazu, in Ruhe eine schöne Brasil zu qualmen!»

«Das hättest du heute erleben sollen», erzählt Laura während des Essens, «wie Boselli das Geständnis von Marc Flückiger und seiner Geliebten, dieser Wendy Hemund, aufgenommen hat. Bis er endlich begriffen hat, dass es sich bei dem Ermordeten in der Aarberger Klinik nicht um Marc, sondern um dessen Zwillingsbruder Lars handelt, ist er Marc ständig ins Wort gefallen. In seiner typisch hochnäsigen Art hat er frech gesagt, dass jetzt nicht Zeit für Märchenstunden sei. Natürlich war die Geschichte kompliziert zu erzählen, aber die beiden ließen sich von Boselli nicht einschüchtern. Wendy blieb ganz kühl, stand auf und sagte, dass sie hier wohl an der falschen Adresse wären und sich vielleicht an jemand Kompetenteren wenden müssten, um den wahren Sachverhalt zu klären. Das war für Boselli wie eine Ohrfeige. Er forderte Wendy auf, sich wieder zu setzen und wollte die Geschichte noch einmal von Anfang an hören. Das Ganze wurde – wie immer – aufgezeichnet, aber ich musste gleichzeitig für das Protokoll alles schriftlich eingeben. Das ganze Verhör hat über vier Stunden gedauert. Am Schluss war Boselli wie euphorisiert. Bestimmt ist er überzeugt, dass er die Aufklärung des Falls als seinen persönlichen Erfolg verbuchen kann.»

Heiri lächelt und kann sich Bosellis triumphierendes Gehabe gut vorstellen. Mit dem Geständnis würde er bei seinem Vorgesetzten, dem Polizeipräsidenten, Punkte sammeln. Obschon sich das Geständnis nicht auf Mord bezieht, sondern auf unbeabsichtigte

Tötung. Was noch zu beweisen wäre. «Und wie ist er mit den beiden verblieben?»

«Sie mussten das Protokoll überprüfen und unterschreiben, dann wurde ihnen erklärt, dass man sie aufgrund eines Tötungsdelikts in Untersuchungshaft setzen werde.»

«Aber es war doch Notwehr», protestiert Rita, «das muss Boselli doch begriffen haben!»

«Ja, das wird er vielleicht in Betracht ziehen», meint Heiri, «aber bis die Sachlage geklärt ist und ein Untersuchungsrichter zu einem vorläufigen Urteil kommt, ist die Untersuchungshaft gerechtfertigt. Ob es Mord oder Notwehr war, kann Boselli nicht entscheiden. Wichtig ist, dass die beiden sich freiwillig gemeldet haben, das wird zu ihren Gunsten gewertet.»

«Aber jetzt musst du mir erzählen, was du in Südfrankreich in deinem Zwangsurlaub unternommen hast und wie du es angestellt hast, den Fall praktisch als eine Art Freizeitbeschäftigung zu lösen!», will Laura wissen. «Ohne dich würde Boselli doch noch ewig nach Verdächtigen suchen.»

Es ist ein vergnüglicher Abend, und Heiri genießt es, Laura zu erklären, wie all die Zufälligkeiten seiner Begegnungen in Südfrankreich und seine telefonischen Erkundigungen sich allmählich zu einem fertigen Puzzle zusammengefügt haben. Laura verspricht, ihren Kollegen und natürlich Boselli kein Wort davon zu erzählen. Sie verabschiedet sich mit dem Wunsch, Heiri möge doch bitte seine Kündigung rückgängig machen und wieder an seinen Arbeitsplatz zurückkehren. Nicht nur sie, sondern auch ihre Kolleginnen und Kollegen seien zunehmend genervt über das selbstgefällige Auftreten ihres neuen Chefs.

Eine Woche später ruft Polizeipräsident Weibel an: «Ich möchte mit dir reden.»

Heiris Gedanken überschlagen sich. Hat Laura geplaudert? Oder haben Marc und Wendy etwas über mich verraten? Wenn sich der Polizeipräsident persönlich meldet, hat das nichts Gutes zu bedeuten.

«Ehm, worum geht es?», bringt er zögernd hervor.

«Ich würde das gerne unter vier Augen mit dir besprechen, nicht am Telefon. Hast du morgen Mittag Zeit? Ich lade dich zum Essen ein, zwölf Uhr in der *Schmiedstube*, ist das okay?» Heiri sagt zu und ist nicht mehr so beunruhigt. Wenn mir Weibel etwas anlasten wollte, hätte er mich wohl kaum zum Essen eingeladen. Ist es vielleicht wegen der Kündigung? Könnte sein…

Am gleichen Abend ruft Wendy an. Sie und Marc seien aus der Untersuchungshaft entlassen worden, berichtet sie, sie müssten sich aber für weitere Befragungen zur Verfügung halten. Einer der besten Rechtsanwälte der Schweiz habe ihren Fall übernommen und ihre vorläufige Haftentlassung bewirkt. Die Gerichtsverhandlung stehe noch aus, aber sie könnten mit einem milden Urteil rechnen, voraussichtlich sogar mit einer bedingten Haftstrafe.

Sie berichtet Heiri über ihre Auseinandersetzungen mit ihrem Ehemann: «Robert hatte schon in den letzten Wochen und während unseres Urlaubs das Gefühl, dass ich mich von ihm entferne. Aber dass es einen Liebhaber gibt, noch dazu ausgerechnet Marc, meinen früheren Vergewaltiger, hat ihn aus der Fassung gebracht. Dass es sich beim Toten um Marcs bösartigen Zwillingsbruder handelt und dass nicht Marc mich vergewaltigt hat, sondern Lars, interessierte ihn schon gar nicht mehr. ‹Darüber soll Gott richten›, sagte er, aber eines sei völlig klar: ‹Die Jungs bleiben bei mir, mit denen wirst du nie wieder Kontakt haben.›»

«Kannst du das verstehen?», fragt Wendy, um dann fortzufahren: «Wenigstens kommt Marc mit der Situation einigermaßen zurecht, seine Frau legt ihm keine Steine in den Weg und spricht ganz vernünftig mit ihm über das gemeinsame Vorgehen bei der bevorstehenden Trennung. Aber mit Robert kann man nicht diskutieren. ‹Bis dass der Tod uns scheidet›, daran habe er festgehalten. Das macht mich fertig.»

Heiri kann nachfühlen, wie Wendy zumute ist. Ihre Schuldgefühle und ihre Verzweiflung sorgen bei diesem Hemund höchstens für Genugtuung, sicher wird er nicht eine Sekunde darüber nachdenken, dass er mit seinem selbstgerechten Verhalten keine menschliche Wärme zulässt. Heiri hat mit solchen Typen, die ihren Glauben als Waffe einsetzen, schon genügend Erfahrung gesammelt.

«Er war mir früher in schwierigen Jahren eine Stütze», fährt Wendy fort. «Leider ist es mir jedoch nie gelungen, aus seinem Glauben auch für mich Kraft zu schöpfen, im Gegenteil. Ich ließ mich dem Hausfrieden zuliebe in dieses Religionskorsett zwängen. Als verantwortungsvolle Mutter habe ich meine Rolle an seiner Seite so gut wie möglich gespielt.»

Heiri hört Wendy zu, die schluchzend sagt, dass sie ihre zwei Knaben gern habe und dass sie ihr leid täten. Ihm fallen kaum tröstende Worte ein. Hemunds Reaktion überrascht ihn keineswegs.

«Ja, das war vorauszusehen», meint er leise. «Aber wart mal ab, das letzte Wort darüber ist sicher noch nicht gesprochen.» Er bedankt sich für ihren Anruf und bittet sie, sich wieder zu melden, wenn es Neuigkeiten gebe oder der Gerichtstermin feststehe.

In der *Schmiedstube*, einem beliebten Restaurant gegenüber der Französischen Kirche, herrscht Hochbetrieb. Jeder Tisch ist besetzt, der Raum gefüllt mit Geräuschen von Tellergeklapper und den Unterhaltungen der Gäste. Der Polizeipräsident hat einen Zweiertisch in einer etwas ruhigeren Ecke reserviert. «Also, ich komme gleich zur Sache», beginnt er, nachdem beide ihr Menü serviert bekommen haben. «Was hast du eigentlich in Südfrankreich während deiner Beurlaubung so gemacht?»

Heiri bleibt vor Schreck beinahe ein Bissen vom Sauerbraten im Hals stecken. Rasch nimmt er einen Schluck Wasser, bevor er seinem ehemaligen Chef in die Augen sieht. «Ferien, wenn auch nicht freiwillig. Wieso fragst du so speziell?»

Er hat das unangenehme Gefühl, dass jemand über sein heimliches Recherchieren geplaudert hat. Laura? Kaum, er vertraut ihr. Marc oder Wendy vielleicht, wenn auch unabsichtlich?

«Ach, weißt du, ich kann eins und eins zusammenzählen. Ich habe die Protokolle gelesen und mit Erstaunen festgestellt, dass Herr Flückiger und Frau Hemund – deine Hauptverdächtige übrigens, als du noch offiziell ermittelt hattest – ausgerechnet am gleichen Ort und zu gleicher Zeit in Südfrankreich waren wie du. Zufall?»

«Ja, sicher ist das ein Zufall», entgegnet Heiri unsicher.

«Und dass du dich aus Südfrankreich beim Rektor des Neufeld-Gymnasiums, Herrn Lanz, gezielt nach bestimmten Namen erkundigt hast: auch Zufall?»

Jetzt wird es Heiri zu viel. «Was soll das, ist das ein Verhör? Der Fall Flückiger hat mich beschäftigt, auch nachdem er mir entzogen wurde. Aus reiner Neugierde habe ich dann noch ein wenig herumtelefoniert, weil ich das Gefühl hatte, dass ich da eine Spur übersehen habe. Lanz ist ein alter Kumpel von mir, es war also mehr ein Gespräch unter Freunden. Kannst du das nicht verstehen?»

Heiri ist aufgewühlt und sich keiner Schuld bewusst, obwohl er weiß, dass er nur die halbe Wahrheit sagt. Soll ihm der Polizeipräsident doch konkret mitteilen, welche Pfeile er gegen ihn im Köcher hat.

«Prost», lacht Weibel mit dem Weinglas in der Hand und nickt Heiri zu, der erneut überrascht ist. Aus diesem Weibel komme ich einfach nicht draus, denkt er verstimmt.

«So genau will ich gar nicht wissen, was du in Südfrankreich gemacht hast. Betrachten wir es einfach als Aktivurlaub. Hör mal, wir sind natürlich der Geschichte des Verdächtigen, diesem Marc Flückiger, nachgegangen, um zu überprüfen, was daran Wahres ist, und haben unter anderem mit Herrn Lanz, seinem früheren Lehrer am Gymi, Kontakt aufgenommen. Der war einigermaßen erstaunt und erzählte dem verblüfften Boselli, dass du ihm vor etwa zehn Tagen die gleichen Fragen gestellt hattest. Erstaunlich, nicht wahr?»

Heiri weiß nicht, was er darauf antworten soll und worauf Weibel hinaus will. Er wartet ab, was als Nächstes kommt.

«Ich will dich nicht daran aufhängen, dass du unerlaubterweise weiter an dem Fall gearbeitet hast. Es war ein Fehler, dich zu beurlauben, auch wenn dein Ausraster damals nicht nachzuvollziehen war und sich ein paar gewichtige Leute unserer Gesellschaft plötzlich für den Fall zu interessieren begannen. Die Leute in dieser Aarberger Psychoklinik sind unglaublich gut vernetzt, und dummerweise ist deren Leiterin nicht nur eine Verwandte von mir, sondern hat auch Freunde in der Politik und bei den Medien. Ich musste dir den Fall einfach entziehen, damit du aus der Schusslinie kamst. Es tat mir leid, meinen besten Fahnder auf diese Art aus dem Verkehr nehmen zu müssen. Ich entschuldige mich offiziell bei dir!»

Damit hatte Heiri nicht gerechnet. Er wirft einen kurzen Blick zum Nachbartisch, doch dort scheinen alle ausschließlich mit dem Essen und ihrer privaten oder geschäftlichen Unterhaltung beschäftigt zu sein.

«Angenommen!», bemerkt Heiri und prostet seinem früheren Vorgesetzten ebenfalls mit dem Weinglas zu. «Ich muss zugeben, dass mir meine Beurlaubung schwer zu schaffen machte. Ich konnte nicht begreifen, dass du nicht das persönliche Gespräch mit mir gesucht hast. Aber ich konnte auch mich selber nicht begreifen; ich hatte nie zuvor in meiner beruflichen Laufbahn einen solchen Aussetzer wie mit Hemund, diesem Scheinheiligen.»

«Nun, passiert ist passiert. Jeder kann einmal die Beherrschung verlieren. Tatsache ist, dass wir in diesem Fall nicht entscheidend weitergekommen sind, bevor sich plötzlich das Pärchen Flückiger und Hemund bei uns gemeldet und mit seinem Geständnis alles auf den Kopf gestellt hat. Boselli hatte sich auf den Musiker in der Klinik eingeschossen, wie hieß er noch, Stradivari oder so, aber dafür fehlte jedes plausible Motiv. Und für Frau Möri, die Silvia, lege ich meine Hand ins Feuer, dass sie nichts mit dem Mord zu tun hatte. Abgesehen davon, dass ich sie gut genug kenne und weiß, dass sie sich immer unter Kontrolle hat und nie so etwas wie einen Mord begehen könnte, hatte sie auch kein Motiv. Im Gegenteil, der Vorfall hat dem Image ihrer Klinik geschadet.

Frau Hemund, deine Hauptverdächtige, hatten wir auch im Visier, es sprachen ja auch ein paar Indizien dafür, zum Beispiel ihre wackeligen Aussagen über die Dauer ihres Aufenthalts im Zimmer des Toten, bevor der Alarm ausgelöst wurde. Merkwürdig auch diese Besucherin im Rollstuhl, die wir später nicht mehr ausfindig machen konnten. Du siehst, ich habe mich persönlich für diese Geschichte zu interessieren begonnen und kenne viele Details.»

Klar, wenn man unter der Beobachtung von wichtigen Leuten unserer Gesellschaft steht und beim geringsten Fehler gleich die Presse gegen sich hat, muss man auf der Hut sein, denkt Heiri.

«Weißt du, es war viel Zufall im Spiel», entgegnet er, dass mir in Südfrankreich Leute über den Weg liefen, die direkt oder indirekt etwas mit dem Fall Flückiger zu tun hatten, denn ich bin nicht in der Absicht ans Mittelmeer gefahren, um Recherchen anzustellen.»

«Das ist mir schon klar», lacht sein Gegenüber, «aber ohne dich hätten die beiden Verliebten doch nicht den Weg ins Polizeipräsidium gefunden, um dort ein Geständnis abzulegen. Warum sie ihre geplante gemeinsame Flucht abgebrochen haben und was sie bewogen hat, sich zu stellen, wird bei der Gerichtsverhandlung den Staatsanwalt sicher interessieren, und es wird wohl nicht zu vermeiden sein, dass dabei der Name Kommissar Weber ins Spiel kommt. Aber das wird dir nicht schaden, im Gegenteil. Das passt doch wieder vollkommen zu deinen speziellen Methoden. Ich weiß nicht, wie du es anstellst, dass sich die Täter oft selber der Polizei stellen und ein Geständnis ablegen. Aber du bist eben unser bester Fahnder, das ist unbestritten.»

Heiri wird es schon fast peinlich, von seinem früheren Vorgesetzten so gelobt zu werden. Aber andererseits fühlt er sich – als Kommissar Weber – rehabilitiert, und das hebt seine Stimmung enorm.

«Da ist noch etwas», setzt Weibel das Gespräch fort «deine Kündigung beziehungsweise dein Gesuch um Frühpensionierung. Die hat mich getroffen, denn sie ist bestimmt eine Folge der unglücklichen Umstände, die dazu führten, dass ich dir den Fall entziehen musste. Machen wir es kurz: Ich hätte dich gerne wieder als Hauptkommissar in unserem Team!»

Viele Bilder gehen Heiri durch den Kopf, bevor er antwortet. Die vielen Jahre erfolgreicher Polizeiarbeit, Laura, seine treue Assistentin, die sich freuen würde, wenn er zurück an seinen Arbeitsplatz käme, Boselli, der es nicht verschmerzen könnte, wieder zweite Geige spielen zu müssen, Rita, die sich auf seine Frühpensionierung gefreut hat.

«Danke», erwidert Heiri ruhig. «Das ist anständig von dir, und es freut mich mehr als du vielleicht ahnst, dass du mich zurück haben möchtest. Nimm es bitte nicht persönlich, aber ich habe mich entschieden und hatte genug Zeit, es mir zu überlegen. Es bleibt bei meiner Kündigung. Die Wolfsgeschichte ging mir echt unter die Haut. Noch selten habe ich in so tiefe menschliche Abgründe gesehen. Gerechtigkeit werden wir als Gesetzeshüter nie schaffen können. Immerhin scheint es mir jedoch in meinem letzten Fall gelungen zu sein, noch mehr Ungerechtigkeiten zu verhindern. Dies bereitet mir eine gewisse Genugtuung, welche ich gerne mit in mein Rentnerdasein mitnehmen möchte. Verstehst du?!»

Mit einem breiten Grinsen prostet er dem Polizeipräsidenten erneut zu.

«Schade!», entgegnet dieser, «aber durchaus nachvollziehbar.»

Epilog

In Aarberg ist wieder Ruhe eingekehrt. Die Bewohner des Städtchens haben ein Jahr nach dem mysteriösen «Mord in der Psychoklinik» den Vorfall praktisch vergessen. *Give your life a second chance.* Unter diesem Motto wandelte sich die Klinik mehr und mehr zum Kulturzentrum. Mit einer großen PR-Aktion war es Silvia Möri und ihrem Team gelungen, kritische Stimmen in Aarberg und Umgebung verstummen zu lassen. Sie legte unter anderem offen, dass ihr Institut selbsttragend sei und nahm damit vielen Kritikern den Wind aus den Segeln. Als Mäzenen und in der Trägerschaft tauchte eine Handvoll reich gewordener ehemaliger Neufeld-Klassenkameraden auf. Der *Revolutionär* und *Picasso* waren indes Geldgeber und Patienten. Als millionenschwerer Rohstoffhändler lebte der *Revolutionär* nun als menschliches Wrack sozusagen in seinem hauseigenen Sanatorium. Die Klinik bot aber auch Künstlerfreunden, die sich in der profitorientierten Gesellschaft nicht mehr zurechtfanden, eine Überlebensalternative.

Heiri sitzt auf dem Balkon seiner Wohnung und raucht genüsslich seine Brasil zu Ende. Gerade hat ihm Rita begeistert aus einer Originalausgabe der vor einem Jahr veröffentlichten Spezialzeitung mit den berühmt gewordenen Denkanstößen zu einem besseren Zusammenleben vorgelesen. Wendy hat sie Rita geschenkt und nicht ohne Stolz darauf hingewiesen, dass sie selbst die Idee zu diesem Unterfangen gehabt habe und die Artikel tatsächlich in der «Aarberger Klapse» entstanden seien. Was Heiris damalige Vermutung somit bestätigte.

Wendy und Marc sind vom Regionalgericht Berner Jura-Seeland zu einer bedingten Haftstrafe von sechs Monaten verurteilt worden. Ihr Verteidiger, bekannt als «Promi»-Anwalt, konnte dem Gericht deutlich machen, dass es sich beim vermeintlichen Mord in der Psychiatrischen Klinik Aarberg um einen tragischen Unfall gehandelt hat. Die Todesursache von Lars Flückiger sei auf die schwere Schädelverletzung zurückzuführen, die er sich beim Kampf mit seinem Zwillingsbruder Marc, den er hatte töten wollen, beim Sturz zuzog. Also eindeutig Notwehr. Geschickt brachte der Verteidiger die unterschiedlichen Lebensumstände der Zwillinge ins Spiel und konnte überzeugend darlegen, warum Marc in ständiger Furcht vor seinem Bruder gelebt hatte. Rektor Lanz trat als Zeuge auf und berichtete über den Vorfall im Skilager, den Silvia Möri als direkt Betroffene dem Gericht bestätigte.

Madame de la Fosse konnte die Reise in die Schweiz für eine Zeugenaussage nicht mehr zugemutet werden, aber ein beglaubigtes Dokument auf Tonträger, auf dem die Tante der Zwillinge über die wichtigsten Ereignisse im Leben ihrer Neffen berichtete, wurde vom Gericht als Beleg anerkannt. So bekamen die staunenden Gerichtsbeamten die Geschichte vom «bösen Wolf» zu hören, der als Kind angeblich in Südfrankreich ertrunken war, von seinen wüsten Taten auf dem Campingplatz, als er seinen Bruder auf gemeinste Art hinterging. Schließlich konnte das Gericht nachvollziehen, dass Lars, verkleidet als behinderte Frau im Rollstuhl seiner Tante, mit der Absicht seinen Bruder zu beseitigen, in die Aarberger Klinik reiste, um an dessen Stelle eine große Erbschaft zu übernehmen. Die noch deutlich sichtbaren Würgemale von einer G-Saite an Marcs Hals waren ein weiteres Indiz.

Die Verletzungen, die Wendy dem am Boden liegenden Lars mit der G-Saite zugefügt hatte, waren im Vergleich zu den Würgemalen an Marcs Hals zwar harmlos. Aber der Versuch, die Identität des toten Lars zu vertuschen und die Absicht, die Tatwaffe einem Unschuldigen unterzuschieben und damit die Justiz auf eine falsche Fährte zu führen, konnte – bei allem wohlwollenden Verständnis des Richters – nicht ganz straflos hingenommen werden. Wendy und Marc nahmen das Urteil erleichtert entgegen.

Marc und Wendy sind häufig zu Gast bei den Webers, und diesen Sommer haben sie einen gemeinsamen Segeltörn im Mittelmeer geplant. Schließlich hatten Rita und Wendy ihre Segelprüfung vor einem Jahr in Südfrankreich bestanden, bevor dann alles aus dem Ruder lief.

Wendy hat es wieder mit Justizbeamten zu tun. Sie streitet mit ihrem Ex-Ehemann Robert Hemund um das Sorgerecht ihrer beiden Jungs. Dieser will ihr nicht einmal das Besuchsrecht zugestehen, doch heimlich hat sie ihre Knaben schon getroffen und erfahren, dass sie am liebsten zu ihr ziehen würden. Sie wirkten bedrückt und beklagten sich über ihren Vater, der nach der Trennung noch strenger geworden sei und ihnen verboten habe, ihre Mutter zu besuchen. Gott werde sie bestrafen, habe er ihnen gesagt, denn sie lebe in Sünde.

Heiri drückt den Zigarrenstummel im Aschenbecher aus und sinniert vor sich hin. Der Vollmond wirft ein helles Licht in den Garten vor seinem Balkon. In der Ferne ertönt Hundegeheul. Wo ist die Grenze zwischen Frömmigkeit und religiösem Wahn? Was wäre aus Lars geworden, wenn er nicht an einem Schalttag das Licht der Welt erblickt hätte, sondern eine halbe Stunde früher?

Vom gleichen Autor sind außerdem erschienen…

Zart besaitet
Roman

«Zart besaitet» spielt im geschichtsträchtigen Berner Seeland und erzählt die ungewöhnliche Lebensgeschichte von Kurt Marolf. Er fühlt sich als Versager und kommt zur Überzeugung, in den entscheidenden Momenten seines Lebens immer den falschen Weg gewählt zu haben.

Taschenbuch, 128 Seiten
1. Auflage 2013
ISBN 978-3-732281-84-8

resmuhmenthaler.ch/zart-besaitet.html

Der Stammtisch
Roman

Dieser Roman ist nicht nur eine Hommage an das historische Städtchen Aarberg im schweizerischen Seeland, sondern erzählt auch die ergreifende Liebesgeschichte von Emmi und Pjotr aus der Sicht einer stolzen, alten Eiche.

Taschenbuch, 96 Seiten,
1. Auflage 2014
ISBN 978-3-732296-58-3

resmuhmenthaler.ch/der-stammtisch.html

Koste es, wen es wolle
Ein Aarberger Krimi

Ex-Kommissar Heiri Weber, der sich auf seinen 65. Geburtstag und den Beginn seines offiziellen Ruhestandes freut, gerät ungewollt noch einmal in die Rolle des Ermittlers, als auf mysteriöse Weise Menschen aus seinem Umfeld verschwinden. Selbst seine besten Freunde erwecken mit ihrem Verhalten sein Misstrauen.

Taschenbuch, 172 Seiten,
1. Auflage 2016
ISBN 978-3-952473-06-1

http://resmuhmenthaler.ch/koste-es-wen-es-wolle.html